Nippo
Mi ru
An

魔法の庭ものがたり 18

エイプリルと魔法のおくりもの

あんびる やすこ

ポプラ社

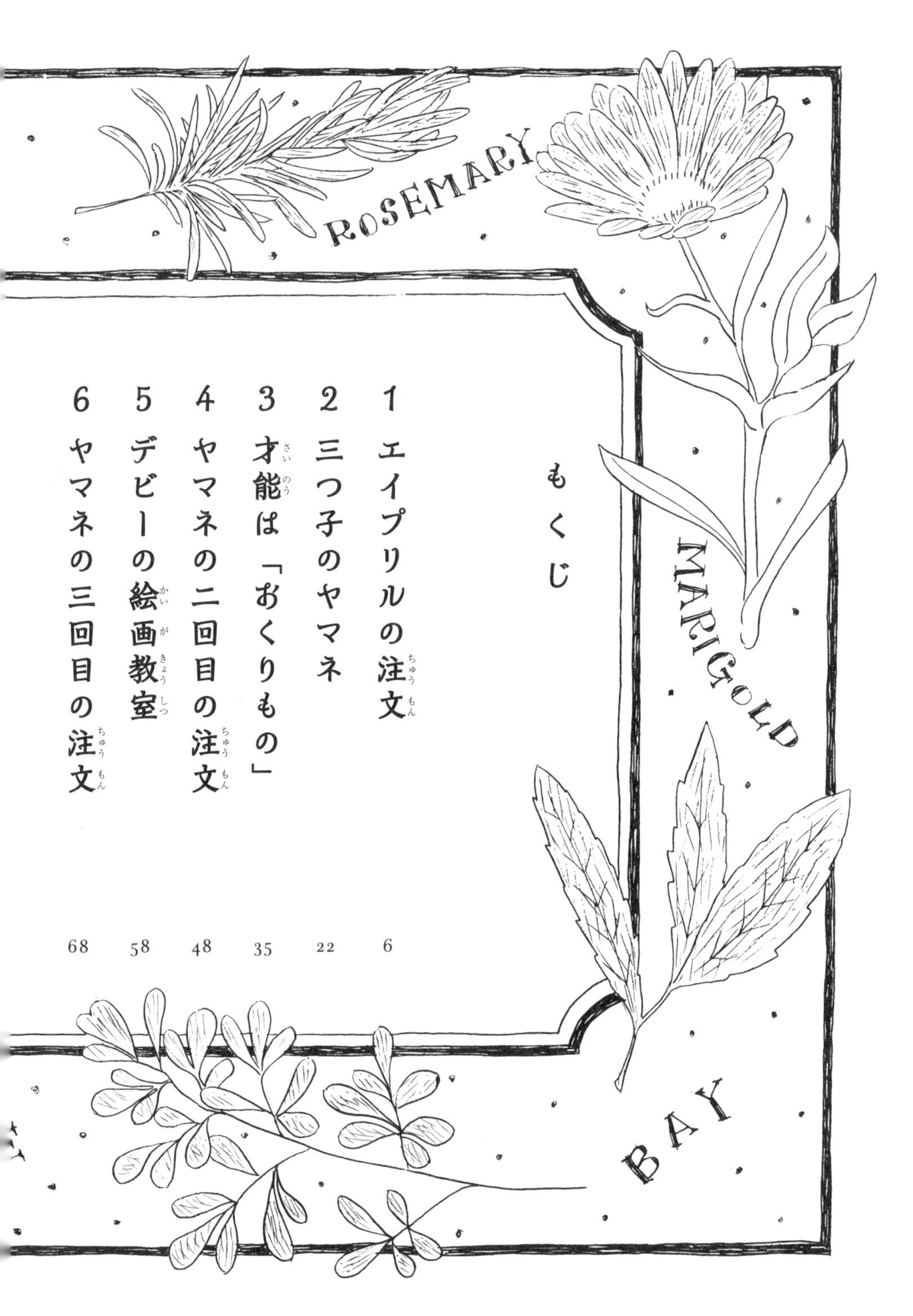

もくじ

1 エイプリルの注文 6
2 三つ子のヤマネ 22
3 才能は「おくりもの」 35
4 ヤマネの二回目の注文 48
5 デビーの絵画教室 58
6 ヤマネの三回目の注文 68

7 パパからの手紙 81
8 「好き」も才能 94
9 エイプリル、「おくりもの」を見つける 109
10 トパーズの三つのことば 118
11 「おくりもの」の魔法の力 129
12 ジャレットの「おくりもの」 141
ジャレットのハーブレッスン 150

魔法の庭ものがたりの世界

これは、魔女の遺産を相続した人間の女の子の物語。
相続したのは、ハーブ魔女トパーズの家、「トパーズ荘」と、
そのハーブガーデン、「魔法の庭」。そして、もうひとつ……。
トパーズがかいた薬草の本、「レシピブック」でした。
こうしてジャレットは、トパーズのあとつぎとして、
「ハーブの薬屋さん」になることになったのです。

パパとママ

ゆうめいな演奏家。コンサートを
しながら世界中を旅している。
ジャレットのじまんの両親。

トパーズ

ジャレットのとおい親せき。
心やさしいハーブ魔女で、
薬づくりの天才。自分の
あととりにふさわしい相続人
しか遺産をうけとれない
「相続魔法」を、家と庭とレシピ
ブックにかけてなくなった。

アン

女の子。
ちょっぴりなまいき。
オシャレさん。

ニップ

男の子。
勇気いっぱい。
しっぱいもいっぱい。

チコ

男の子。頭が
よくて、しっかりもの。

ガーディ

「魔法の庭」の中央にたつ
カエデの木の精霊。
「魔法の庭」のまもり神で、相続人がきまるまで
人間のすがたになり、トパーズ荘をまもってきた。
いまは木の中にもどり、ジャレットを
あたたかく応援している。

レシピブック

ハーブ魔女トパーズがかきのこした本。370種類のハーブ薬のつくり方がかいてある。ふしぎな魔法がかかっていて、よむことができるのは、ジャレットただひとりだけ。しかも、魔女ではないジャレットには、よみたいと思ったページだけしか見えない。表紙にはうつくしいピンクトパーズの宝石がはめこまれている。

ジャレット

ハーブ魔女トパーズの遺産を相続した女の子。
演奏旅行でいそがしい両親とはなれ、
トパーズ荘でひとりでくらしている。
夢はトパーズとおなじくらいりっぱな
ハーブの薬屋さんになること。

スー

ジャレットのともだち。
「ビーハイブ・ホテル」の
むすめ。

エイプリル

ジャレットの
ともだち。
ピアノがうまい。

ベル 女の子。
心やさしい、しんぱいや。

子ねこの
足あと

ミール 男の子。
マイペースなのんびりやさん。

ラム 男の子。
優等生で、あまえんぼ。

1

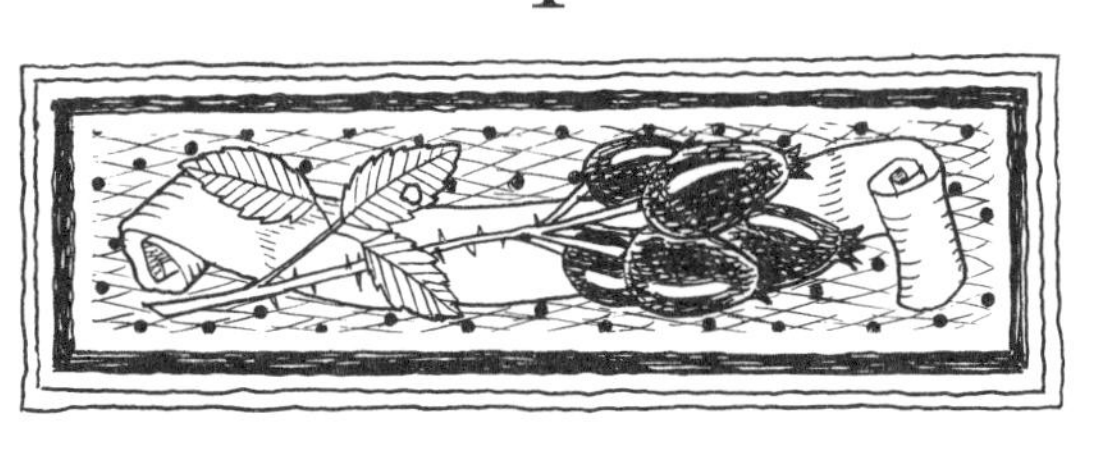

エイプリルの注文

お日さまが空でかがやく時間がだいぶ短くなってきたころ。ジャレットはトパーズ荘から魔法の庭をぬけて、道につづく小さな木戸をあけました。ぶるっと身ぶるいするほど冷たい風がふきぬけて、ジャレットの長い髪をゆらしていきます。

(用事はあしたにして、トパーズ荘にもどろうかしら)

ジャレットがそう思ったとき、やっぱり足早に家にもどろうとしている人が目の前を通りかかりました。

エイプリルのおばさん、デビーです。

デビーは、この村でくらすわかい画家(がか)で、ジャレットとも仲(なか)よしでした。

「こんにちは、ジャレット。さむくなってきたわね」

「こんにちは、デビー。トパーズ荘(そう)であたたかいお茶(ちゃ)でもいかが？」

そうさそわれると、デビーはちょっと考(かんが)えてから、にっこりとうなずきました。

「それはありがたいわ。体があたたまりそう。それに、ちょっとした相談(そうだん)もあったの」

「ちょっとした相談？」

ジャレットは首をかしげながら、トパーズ荘のとびらをひらいて、

デビーをまねきいれました。そして、湯気を立てたお茶が目の前にはこばれると、デビーはすぐに、その相談をはじめたのです。

デビーがなやんでいたのは、エイプリルのことでした。

「いま、ねえさんの、つまりエイプリルのママの家によって、エイプリルに会ってきたところなのよ。エイプリルが、元気がないっていうから、しんぱいで」

そうきいて、ジャレットはハッとなりました。

そういえばここ一か月ほど、エイプリルに元気がなかったからです。

「エイプリルは病気なの？　デビー」

ジャレットが身をのりだしてしんぱいするので、デビーは安心させようと、にっこりとわらいました。

「だいじょうぶよ、ちょっとがっかりしているだけ。一か月前に、ピアノのコンクールがあったの。でも、それに参加できなかったからなのよ」

エイプリルは、コンクールの前の日に、つき指をしてしまったというのです。それで、コンクールにでることをあきらめました。

そうきいてジャレットは、エイプリル

が手に包帯(ほうたい)をして
いたことを思いだし
ました。
「ちっとも知(し)らなかっ
た。あれがコンクール
の前の日だったなんて……
かわいそうなエイプリル」
エイプリルはピアノがとても
上手(じょうず)で、いつもいろいろなコン
クールで優勝(ゆうしょう)していました。きっと
そのコンクールでも、優勝こうほだった
にちがいありません。デビーも、残念(ざんねん)そうに

うなずきました。

「ええ、その通りね。でも、コンクールには参加できなかったけれど、指の調子はもうもと通りになったのよ。お医者さまも、たいこばんをおすくらいにね。それなのに、エイプリルったらすっかり落ちこんでしまって。もう前みたいにひけないって、なげいているの」

そうきいて、ジャレットはますますかわいそうになりました。

「エイプリルをはげましてもらえるかしら？　ジャレット」

「もちろんよ、デビー。スーもきっとそうしたいはずよ」

その日、デビーが帰ってしばらくすると、スーといっしょにエイプリルもやってきました。

その日のエイプリルは、きのうやおとといにくらべても、ずっと元気がありません。アンが、ひざにのって手をペロペロなめても、頭をなでてあげるだけで、「ふうーっ」と深いため息をついているのです。

そんなようすに首をかしげるスーを見て、ジャレットは思いきって、コンクールのことをたずねてみました。

すると、エイプリルはいまにも泣きだしそうな顔をして、うつむいてしまったのです。

「はずかしいわ。コンクールにでられるのは、予選を通った人だけ。わたしが選ばれたときには、残念な思いをした人がたくさんいたはずよ。それなのに、ケガをして、でることさえできなかったなんて……」

すると、スーが明るい声ではげましました。

「気にすることないわよ、エイプリル。来年もそのコンクールはあるんでしょ？　エイプリルなら、来年はぜったい

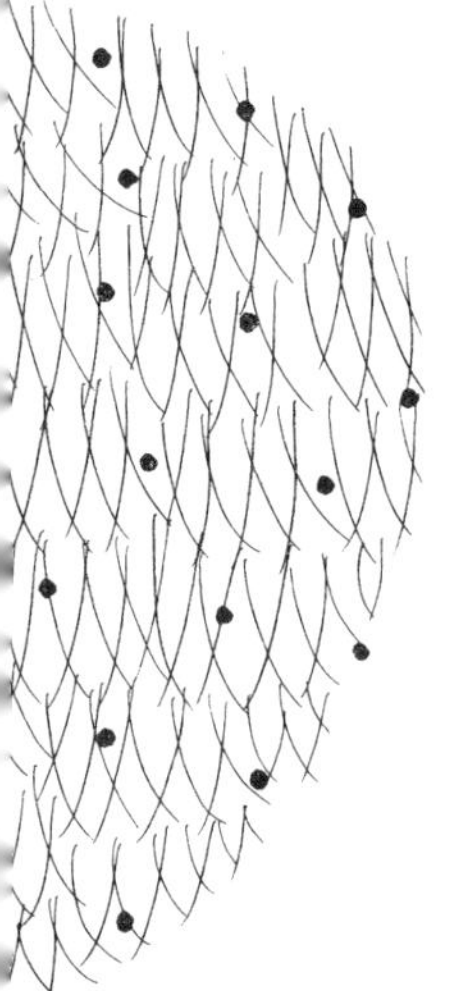

優勝できるわ！」

ジャレットもうなずきますが、

エイプリルは、またため息をつきました。

「そうかしら？　来年は、予選も通らないかもしれないわ。だって……」

エイプリルは、指先をなでながらこうつづけます。

「だって、指が思い通りに動いてくれないんですもの。お医者さまは、わたしの指はもと通りになってるっていうけど、そうじゃないわ。前よりずっとしっぱいするし、うまくひけないのよ」

そして、ジャレットを見つめると、しんけんな顔でこうたのんだのです。

「そうだわ！　わたしの指をもと通りにするお薬をつくってちょうだい、ジャレット」

熱心にたのまれたジャレットは、思わずうなずいてしまいます。

でも、いまのエイプリルに必要なお薬が何なのか、ジャレットにはわかりませんでした。

ふたりがトパーズ荘から帰っていくと、ジャレットはすぐにレシピブックを手にとりました。

すると、子ねこたちが、足もとで首をかしげて見あげます。

「どんなお薬が必要なのかな？　ジャレット。だってお医者さまはもうなおってるっていっているんだよね？」

「そうね、子ねこたち。でも、エイプリルがほしがっているのは、
やっぱりつき指(ゆび)をなおすお薬(くすり)のはずよ」
ジャレットはそうこたえると、レシピブックを見つめました。
そして、こうたずねたのです。
「なかなかなおらないつき指を、
なおすお薬がつくりたいの」

すると、レシピブックのピンク色の宝石が
ゆらりと光りました。
「よかったね、ジャレット。いいお薬
があるみたいだ」
子ねこたちもホッとしています。
レシピブックにあたらしくあらわれたペー
ジに書いてあったのは、ミツロウに、精油を
まぜてつくるクリームでした。これなら
いたいところへ、いつでもぬること
ができます。
「すぐにつくれば、きょうじゅうに
エイプリルにわたしてあげられそうだわ」

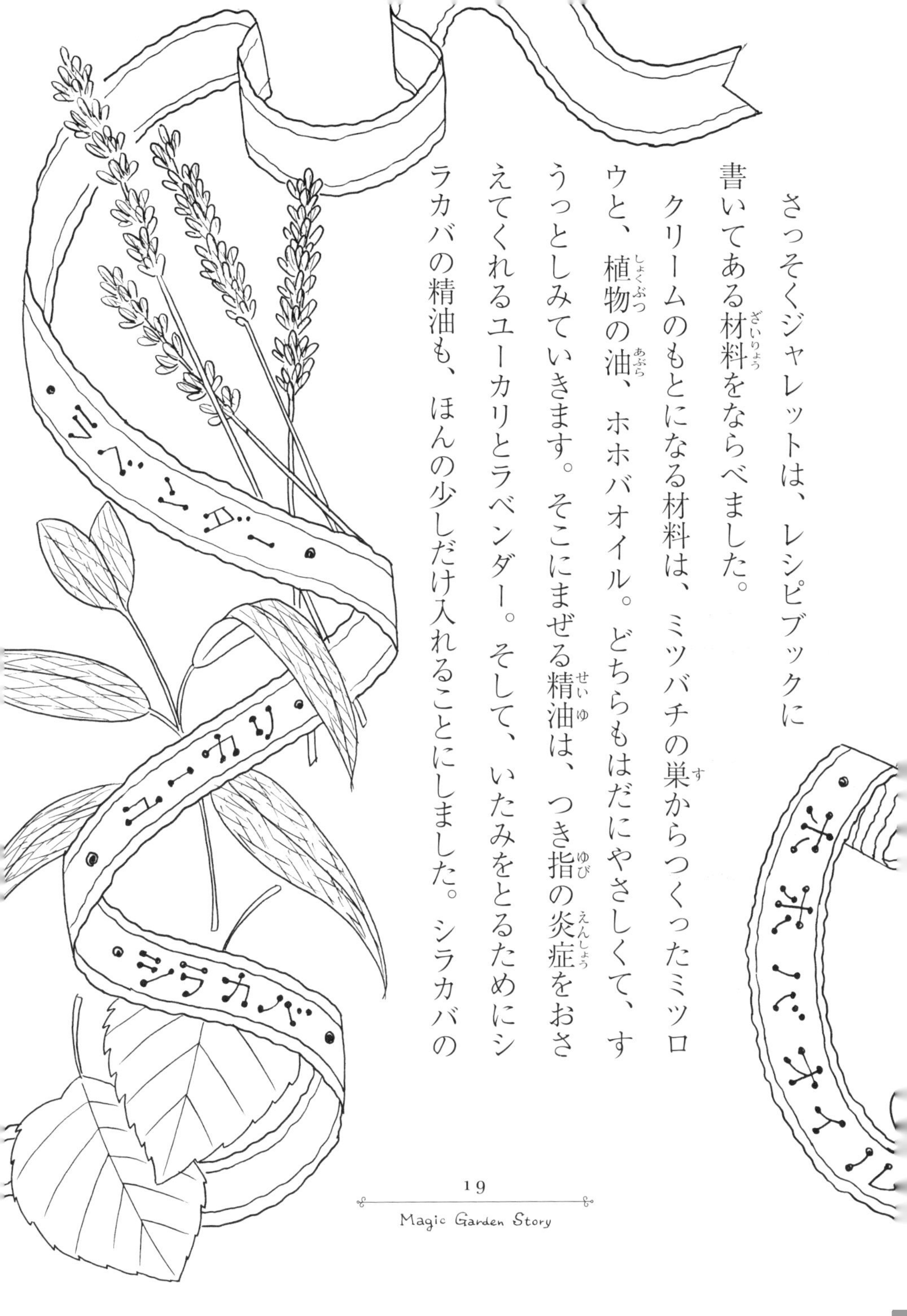

さっそくジャレットは、レシピブックに書いてある材料をならべました。

クリームのもとになる材料は、ミツバチの巣からつくったミツロウと、植物の油、ホホバオイル。どちらもはだにやさしくて、すうっとしみていきます。そこにまぜる精油は、つき指の炎症をおさえてくれるユーカリとラベンダー。そして、いたみをとるためにシラカバの精油も、ほんの少しだけ入れることにしました。シラカバの

精油(せいゆ)はいたみによくきくのですが、ききめが強いので、
はだの弱い人や、長い期間(きかん)クリームを
つかう人にはむかないのです。
材料(ざいりょう)がそろうと、ジャレットは
ホホバオイルとミツロウを入れた
小さなボウルを温(あたた)めて
ミツロウをとかしました。
すっかりとけたら
クリーム用(よう)のケースに
うつして、少し
冷(ひ)えるのをまちます。
うっすらまくが

はってきたら、精油を
入れるタイミングです。
用意しておいた三つの精油を
ほんの数てきたらしてまぜると、
しっぷ薬のような、すうっとする
かおりがひろがりました。
「わあ、ききそうなにおいだね、ジャレット」
子ねこたちも鼻をスンスンさせています。
こうして、できあがったハーブのクリームを、
ジャレットはすぐにエイプリルに届けにいきました。
そしてトパーズ荘に帰ってくるころには、もう
すっかり夜の冷たい風がふきはじめていたのです。

2

三つ子のヤマネ

その夜。風がドアをゆらす音にまじって、小さなノックの音がきこえてきました。耳をすませていないと、ききのがしてしまうほど小さな音です。

ドアをあけると、かわいいヤマネの親子が並んでいました。お母さんヤマネと、おない年の三つ子の兄妹ヤマネが三びきです。

野ねずみよりも小さなおきゃくさまに、ニップは思わずおしりとしっぽをふってしまいました。

「おぎょうぎが悪いわ、
ニップったら」

ベルがそういって、ニップをにらんだので、ヤマネの親子はようやく安心して、ジャレットの足もとに進んできました。

「いらっしゃいませ。お薬の注文ですか？
どうぞ、ここへのぼってくださいな。
お話がしやすいように」

ジャレットがいすの上をすすめると、お母さんヤマネはキリッとした顔で、

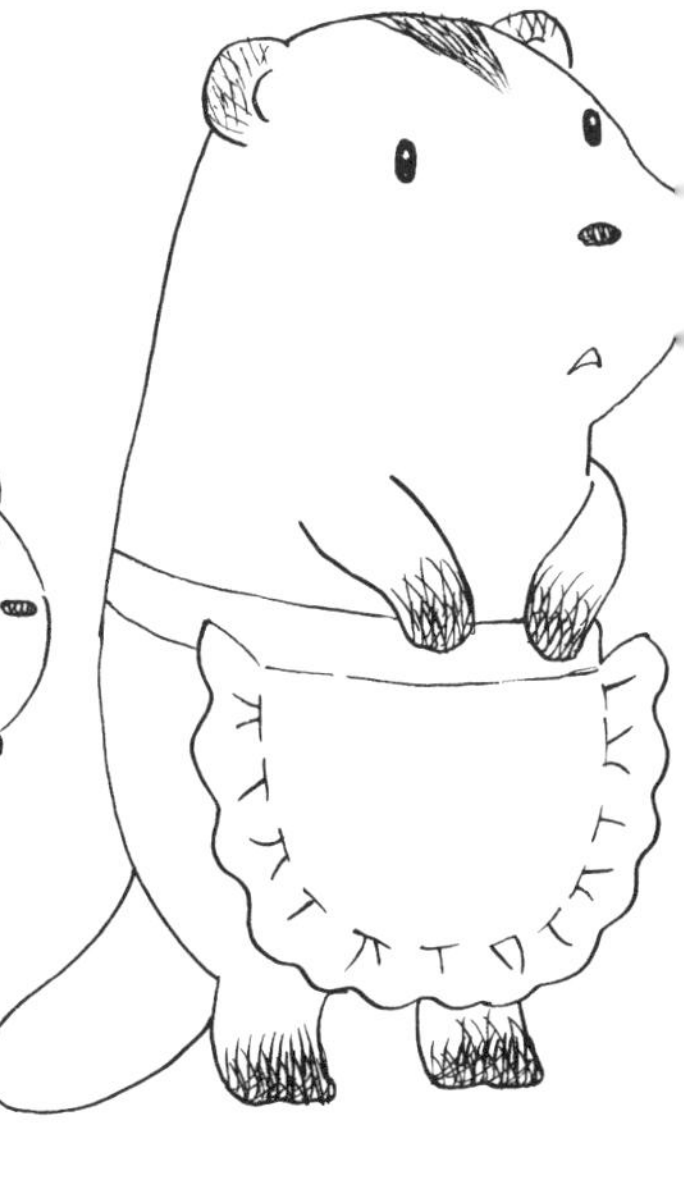

「この子たちには、何かひとつ秀でたところのあるすばらしいヤマネに成長するように、習いごとをさせています」
お母さんヤマネが胸をはってそういうと、ニップが首をかしげ

子どもたちをせきたてて、スルスルとのぼりました。
近くで見ると、三つ子のヤマネはとてもかしこそうです。
三つ子のうち、男の子はモディとラピ、女の子はジルといいました。

ました。
「森で、どんな習いごとができる
のさ？」
するとお母さんヤマネは得意そう
にせきばらいをします。
「なんだってできますとも。森には、
小さな動物にいろいろなことを
教えてくれる先生がたくさんいます。
学ぼうと思えば、たくさんのことを
学べるのですよ。なかには、
なまけもので、昼寝ばかり
している動物もいますけれど」

教育熱心(きょういくねっしん)なお母さんヤマネにそういわれて、昼寝(ひるね)が大好(だいす)きな子ねこたちは、気まずい顔で、だまりこんでしまいました。

かわりに、ジャレットがこうたずねます。

「三つ子たちには、どんな習(なら)いごとをさせているの?」

「モディとラピには、ギターを習わせています。さあ、ジャレットさんにおきかせして」

すると二ひきは背負(せお)っていた

ものをくるりと前にまわし
ました。小さなクルミで
つくったギターです。
モディは自信満々にクルミの
ギターをかなではじめました。
それは上手で、小さな
オルゴールからひびいてくる
音色のようでした。
でも、ラピはうつむくばかりで
ひこうとしません。
そのようすに、お母さんヤマネは、
ため息をつきました。

「ラピはぜんぜんうまくならないんですよ、ジャレットさん。先生に、根気がないっていわれるしまつで……」

するとラピは、もじもじとうつむきました。

「だって、楽しくないんだもの。練習はすごくつまらなくて、好きになれないんだ」

するとモディは、あきれていいました。

「つまらないもんか。ギターはおもしろいよ。ぼくはもう、先生のつぎにうまくなったんだ。ラピはちっとも練習をしない、なまけものじゃないか」

それをきいてお母さんヤマネもうなずきました。そしてジャレットにこんな薬を注文したのです。

「ラピが根気よく練習できるようになるお薬をつくってください。

トパーズ荘のドアの前においてくれたら、あした、とりにきます」
そういって、お母さんヤマネと三つ子は帰っていきました。

つぎの日の朝。
朝ごはんを食べおわると、ジャレットはヤマネの注文にこたえるために、レシピブックを手にとりました。
「必要なのは、根気強くなれるハーブのお薬ね。そういうお薬なら、ありそうだわ」
子ねこたちにわらいかけると、みんな楽しくなさそうな顔をしました。

「そんなお薬、あまりほしくないけどね、ジャレット」

子ねこたちは、好きなときに好きなことをするのが得意。がまんして何かをやりつづけたりするのには、むいていません。

「でも、ラピには必要なのよ。さあ、たずねてみましょう。根気強くなれるお薬が入り用なの」

するとレシピブックの宝石はすぐにキラリと

かがやきました。
あたらしい
レシピのページを
さがすと、そこには
何種類（しゅるい）かの精油（せいゆ）を
まぜてつくる
オイルのレシピが
のっていました。それは、
ぬるのではなく、かおりを
かいでつかうお薬（くすり）です。ハーブから
つくった精油は、そのかおりをかぐだけでも、
ききめがあるのです。

かおりの立たせ方は、いろいろありました。
お湯を入れたカップにふり入れたり、オイルを
入れたお皿をキャンドルであたためたりして、
かおらせる方法。そのほかに、ティッシュや、
素焼きの焼き物にふりかけるだけの、
かんたんな方法まで書いてあります。
「ブレンドする精油は、つかれがとれてやる気が
でるセージとベルガモット。それに、
元気がでるレモンね」
オイルをまぜあわせると、
いいかおりが
ただよいました。

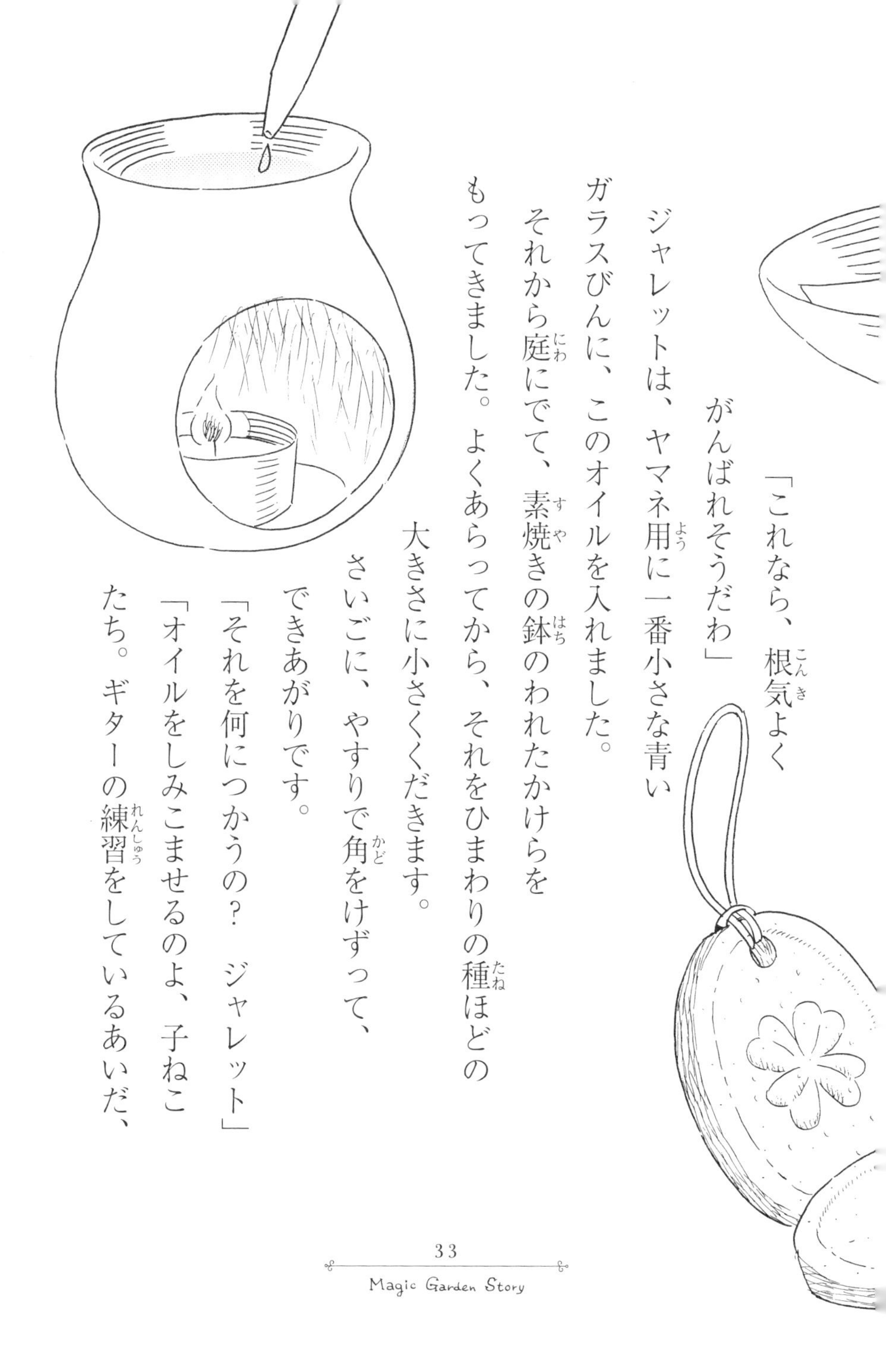

「これなら、根気よく
がんばれそうだわ」
ジャレットは、ヤマネ用に一番小さな青い
ガラスびんに、このオイルを入れました。
それから庭にでて、素焼きの鉢のわれたかけらを
もってきました。よくあらってから、それをひまわりの種ほどの
大きさに小さくくだきます。
さいごに、やすりで角をけずって、
できあがりです。
「それを何につかうの？　ジャレット」
「オイルをしみこませるのよ、子ねこ
たち。ギターの練習をしているあいだ、

近くにおいて、ずっとかおりをかげるように」

そういって、かけらにオイルをたらします。すると、オイルは素焼きのかけらにすうっとすいこまれ、かおりが立ちのぼりました。

これを小さなきんちゃくぶくろに入れれば、ヤマネでも、もちはこびできそうです。これなら、いつでも、どこでもかおりのききめを役立てることができます。

こうしてジャレットは、その朝のうちに注文のお薬を用意しおえました。

そしてドアの前においておくと、夕方には、もうなくなっていたのです。

3

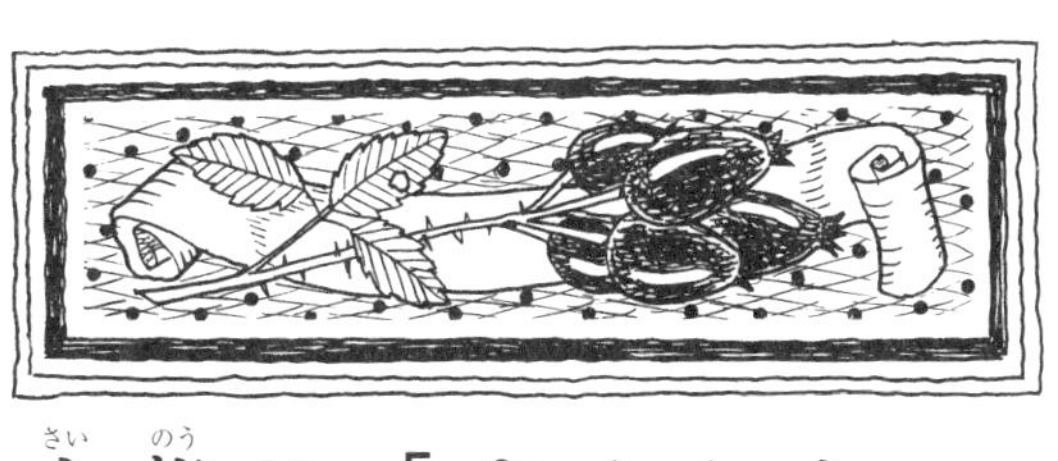

才能は「おくりもの」

ラピのお薬をつくったその日。毎日遊びにやってくるエイプリルが、トパーズ荘にきませんでした。やってきたのはスーだけです。

そして、つぎの日も、やっぱりきたのはスーだけでした。

「エイプリルは具合が悪いのかしら……」

ジャレットがしんぱいそうに窓のむこうを見ると、スーが元気よく立ちあがりました。

「いまからエイプリルの家にいき

ましょうよ、ジャレット。具合が悪いなら、おみまいになるし、元気なら安心できるもの」

スーのいう通りです。ジャレットとスーは、すぐにトパーズ荘をでて、エイプリルの家にむかいました。

エイプリルの家は、つるバラがたくさん植えてあって、夏のはじめには、それはいいかおりにつつまれます。それに家の前を通ると、いつもピアノの音色がきこえてきました。それがきょうは、しずまりかえっています。ノックをするととびらがひらき、エイプリルのおばさんのデビーが顔をだしました。

「まあ、ふたりもエイプリルのおみまいにきてくれたのね？　わたしも、いまきたところよ。エイプリルのママは、でかけているけれど、さあ、入って」

そういって、ふたりをまねきいれてくれます。

家のなかを見まわすと、ピアノの前にうつむいてすわっているエイプリルのすがたがありました。すっかり落ちこんだようすで、元気がありません。

顔を見あわせているスーとジャレットの耳もとで、デビーが小さな声でいいました。

「きょうは、一度もピアノの練習をしようとしないのよ。しっぱいするからいやだって。はげましてあげてちょうだい」

ふたりはうなずきましたが、ジャレットは（わたしのお薬はやっぱりきかなかったのね）と思いました。

「いらっしゃい、スー、ジャレット。きてくれてうれしいわ」

そういって、エイプリルがピアノの前から立ちあがろうとしたので、ジャレットは思わずこういいました。

「エイプリル。わたしたちにピアノをきかせてちょうだい。しばらくきいていないし、ききたいわ。ねえ、スー」

「そうね、エイプリルのピアノなら、わたしはいつだってききたいもの。きかせてよ、お願い。エイプリル」

ふたりからたのまれると、エイプリルはしぶしぶピアノの前にすわりなおしました。

「じゃあ、少しだけ」

そういって、ひきはじめます。それはエイプリルの得意な曲で、ジャレットもよく知っていました。けれど、しばらくきいていたジャレットは首をかしげます。

（上手だけど、いつものエイプリルらしくないわ。のびのびした感じがしないもの……）

やがて曲がむずかしい部分にさしかかると、エイプリルは、ピタッと手をとめて、もうひくのをやめてしまいました。

「もっときかせてよ、エイプリル」

スーがそういっても、エイプリルは首をよこにふるばかりです。

「これ以上ひいたら、どうせしっぱいするもの。はずかしいわ。それに指がなおっていないの」

それをきいて、デビーはエイプリルの顔をのぞきこみました。

「指はもうなおっているのよ。お医者さまが、そういったでしょ?」

すると、エイプリルは、ギュッと口をむすんで、

デビーから顔をそらしました。そして、強い調子で、こういったのです。

「指のせいでないなら、わたし、ピアノの才能がないんだわ。きっとそうよ。わたし、もうピアノはひかない！」

デビーとジャレットは困って、顔を見あわせました。

（エイプリルは、すっかり自信をなくしちゃったんだわ）

そう感じたジャレットは、はげますためのことばを

あれこれ考えました。
と、そのとき。スーがとんでもないこと
をいいはじめたのです。
「ピアノはもうひかないの？　それもい
いんじゃない？　わたしはさんせいよ！
エイプリル」
そのことばに、エイプリルも
ジャレットもデビーも目をまるく
して、スーを見つめました。
するとスーは、こうつづけます。
「だって、この世の中には、
ピアノのほかにもおもしろい

ことがたくさんあるのよ。
それをやってみないなんて
もったいないと思わない？」
それからスーは、デビーに
こうたずねました。
「もって生まれた才能(さいのう)のことを
『おくりもの』ってよぶのよね？　デビー」
デビーは目をまるくしたままでしたが、
うなずいてこたえました。
「そうよ、スー。だれでも生まれてくる
ときに、何かひとつ秀(ひい)でた才能をさずかっ
てくるっていわれているわ。そんなとくべつ

な才能のことを『ギフト』つまり『おくりもの』ってよぶのよ。どんな才能かは人によってちがうけれど、どれも天からの『おくりもの』なのよ」

そうきくと、スーは大きくうなずきました。そしてエイプリルの手をとって、瞳をかがやかせたのです。

「それなら、自分がどんな『おくりもの』をもらって生まれてきたか、

だれにもわからない
はずじゃない？
エイプリルの
『おくりもの』は、
ピアノじゃないのかもしれないわ。
もっともっとすごい才能を
発揮できる何かがあるのかも
しれないじゃない！　だから、
いろいろためすのよ」
するとと、デビーが、おもしろそうにわらいだしました。
「それはいい考えね、スー」
そして、三人にこう提案したのです。

「それなら、まず手はじめに、三人で絵を習ってみたらどうかしら？　あしたから、うちの絵画教室にくるといいわ」

デビーは画家をしながら、アトリエで村の人に絵を教えているのです。

デビーにさそわれて、スーとジャレットは顔を見あわせました。

「えっ？　三人で習うの？　わたしたちも？」

するとデビーは、あっさりとこういいます。

「そうよ、スー、ジャレット。あなたたちだって自分の『おくりもの』が何なのか、つきとめなくちゃ」

スーはしばらく考えますが、けっきょく、ぜんぜんのり気でないようすでうなずきました。

「まあ……、そうかもね」

4

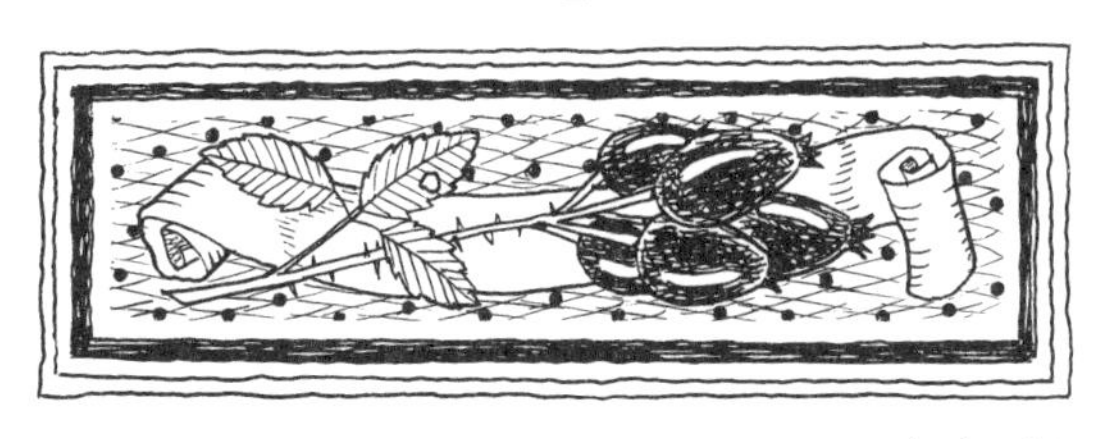

ヤマネの二回目の注文(ちゅうもん)

その夜のこと。トパーズ荘(そう)のげんかんに、ききおぼえのある小さな小さなノックの音がひびきました。ドアをあけると、またあのヤマネの親子が四ひきで並(なら)んでいます。

「いらっしゃいませ。モディ、ラピ、ジル、それにお母さんヤマネさんも」

ジャレットはにっこりとわらってから、こうたずねました。

「お薬(くすり)はききましたか？　ラピ」

するとラピは、申しわけなさそうに、小さく首をよこにふりました。

きのうつくったハーブのお薬でも、ラピは根気強くギターの練習ができなかったようです。でも、よく見ると、きょうのラピはギターをもっていませんでした。ギターを背負っているのはモディだけ。ラピはギターのかわりに、ノートをもっています。それは三つ子の妹のジルとおなじものでした。

「まあ、ラピ。残念ね。お薬がきかなくてごめんなさい」

ジャレットがそういうと、お母さんヤマネがこういってさえぎりました。

「いいえ、ジャレットさん。もう、いいんです。あのお薬がきかなくても」

そして今度は、ラピとジルをジャレットの前に立たせて、こうつづけました。
「根気よくギターの練習をするお薬は、もういりません。ラピにはギターではなくて、ジルといっしょに詩を書くお教室に通わせることにしたんです。さあ、自分でつくった詩をジャレットさんに朗読してごらんなさい」
すると二ひきは、手にしたノートをひらきました。
そしてジルが、自信満々に朗読をはじめたのです。それは

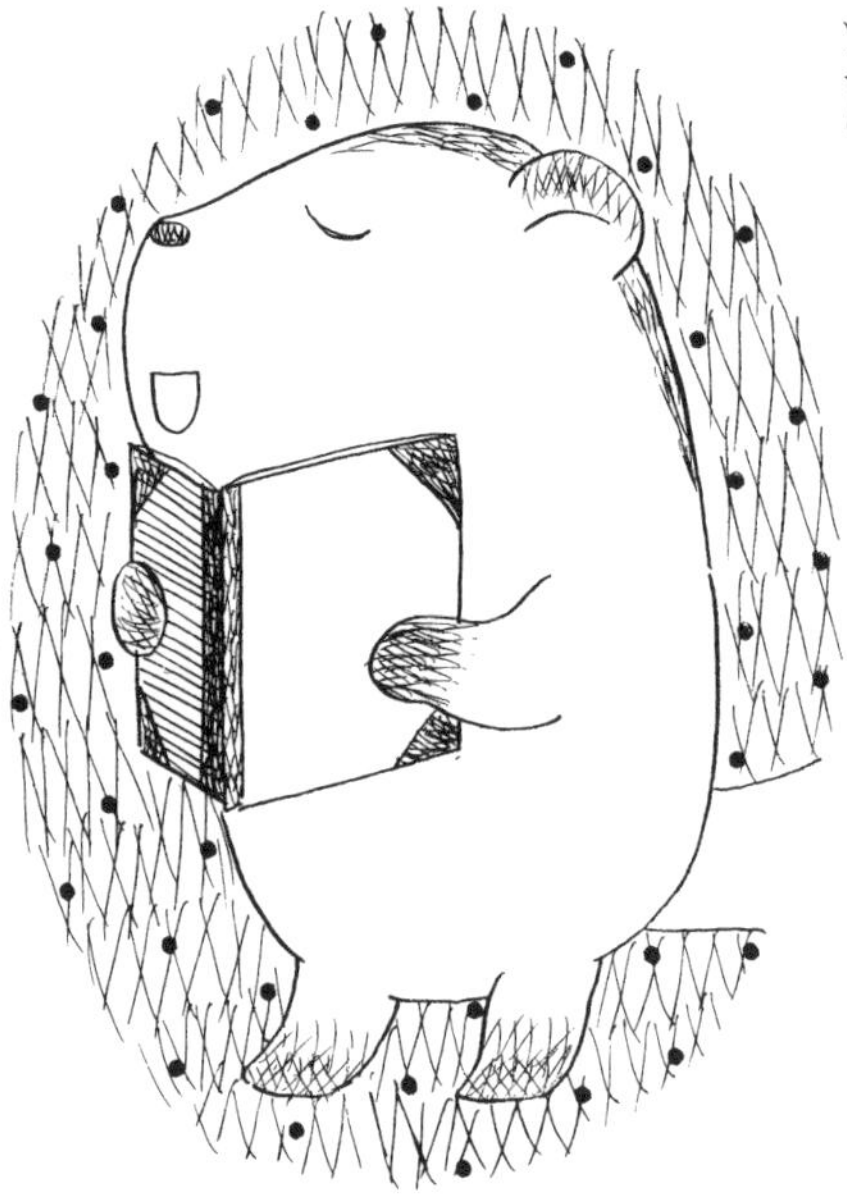

うつくしい詩で、ジャレットも
子ねこたちも、目をとじて
ききほれるほどでした。
でも、ラピの番になっても、
うつむくばかりで
朗読しません。
ノートには何も
書いてなかったからです。
そのようすに、お母さんヤマネは
ため息をつきました。
「ラピはぜんぜん詩が書けないんですよ、
ジャレットさん。先生に、気がちりやす

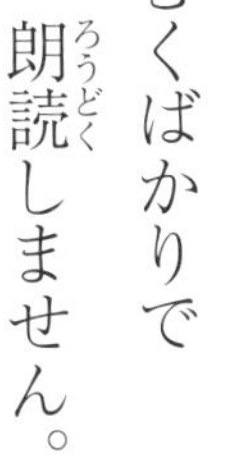

くて落ちつきがないっていわれるしまつで……」

するとラピはもじもじとうつむきました。

「だって、詩をつくるのはおもしろくないんだもの。じっとしたまま考えごとをするのは苦手なんだ」

するとジルが、あきれていいました。

「詩をつくるのは、とてもおもしろいわよ。わたしはもう、先生のつぎに上手に詩がつくれるの。ラピは落ちつきがないから考えられないのよ」

それをきいて、お母さんヤマネもうなずきました。

そして、ジャレットにこんな薬を注文したのです。

「ラピの気がちらなくなって、落ちついて詩を考えられるようになるお薬をつくってくださいな。トパーズ荘のドアの前においてくれたら、あした、とりにきます」

そういって、また、お母さん

ヤマネと三つ子は帰っていきました。

ヤマネたちを見おくると、ジャレットはため息をつきました。ラピが今度の習いごとも楽しめないでいるのが気になったからです。

「でも、お薬がきいて、気がちらないようになれば、楽しく詩がつくれるようになるかもしれないわ」

ジャレットがそういっても、

子ねこたちは、
また楽しくなさそうな
顔をしました。
「そんなお薬、あまり
ほしくないけどね、ジャレット」
子ねこたちは、気がちることに関しては
名人です。つぎからつぎにいろんなことが
気になって、気分がころころと変わっていくので、
ひとつのことに長くとりくむのには、むいていない
のです。
「でも、ラピには、そういうお薬が必要なのよ。さあ、
レシピブックにたずねてみましょう。気がちらずに、

落ちついて考えごとができるお薬のつくり方をおしえて」

すると、レシピブックの宝石はすぐにキラリとかがやきました。あたらしいレシピのページをさがすと、そこには気がちりそうになったときにつかうスプレーのつくり方が書いてありました。お部屋のなかにシュッとスプレーしてかおらせるお薬です。

材料は、じっくり仕事にとりくめるききめをもつティートリーの精油、それから気もちをシャキッとリフレッシュさせる効果のあるレモンとローズマリーの精油でした。この三つの精油を、まじりけのない水「精製水」と、無水エタノールでうすめればできあがりです。無水エタノールは、消毒やおそうじにつかわれているアルコールの仲間。あっというまに空気のなかに蒸発していくので、かおりをひろげるスプレーの材料にピッタリなのです。

こうしてジャレットはその晩のうちに注文のお薬をつくりおえました。

でもジャレットは、このお薬をいくらスプレーしても、ラピが詩をつくれるようになるとは思いませんでした。もし、そうなったとしても、先生のつぎに上手に、とはならない気がしたのです。

「どうしてそう思うのさ、ジャレット」

子ねこにそうきかれても、ジャレットはうまくこたえられませんでした。

そしてできあがったお薬をドアの前においておくと、つぎの日の朝には、もうなくなっていました。

5

デビーの絵画教室

その日の午後。スーとジャレットとエイプリルは、デビーの絵画教室にいきました。

教室は、デビーの家でひらかれています。そこは、大きな古い納屋をきれいにして、住まいとアトリエにつくりなおしたステキなおうちでした。まっ白なしっくいのかべに、ふきぬけの高い天井を走る太いはり。明るい光がまっすぐにふりそそぐアトリエに入ると、なんだかワクワクしてきました。

その日は、三人のほかに、生徒が九人。絵画教室は週に三回ひらかれていて、毎回くる人もいれば、週に一回だけやってくる人もいます。三人がアトリエにつくころには、ほかの生徒たちはもうイーゼルを立てて、絵をかくじゅんびをはじめていました。イーゼルというのは、絵をかく紙をななめに立てかけておく台のことです。

ジャレットたちも、どうにかイーゼルを立ておわると、デビーが手をたたいて、みんなの注目をあつめました。

「みなさん。きょうから絵の勉強の仲間になる三人ですよ」

そのことばに、九人の生徒たちの目が、いっせいに三人にあつまります。

自分たちを見つめる九つの顔を見て、スーがふたりにだけきこえるように、こっそりと小さな声でいいました。

「おどろいた。いろいろな年齢（ねんれい）の人がいるのね」

　お年よりもいましたし、ジャレットたちのママとおなじくらいの人もいます。大学をでたばかりの人も、高校生も。ジャレットたちに一番近いのは、となりの村から通っている男の子、セスです。

　と、そのとき。ドアがひらいて、もうひとりの生徒（せいと）が入ってきました。その見おぼえのある顔を見て、スーがまた小さな声でふたりにいいました。

「ハンバーグレストランのウェイトレスのホリィよ。絵が好（す）きだっ

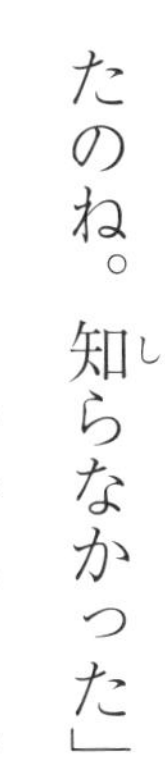

たのね。知らなかった」

ホリィをむかえると、デビーは少したため息をつきました。

「またちこくよ、ホリィ。さあ、はやくイーゼルを立てて。きょうかいてもらうのは、この水さしとザクロよ」

そういって、デビーはアトリエのまんなかにある、まるいカフェテーブルのよこに立ちました。

テーブルには、そぼくな水さしと、ザクロがふたつおいてあります。その下にしいてあるテーブルクロスに、クシャッとしわがよっているのを見て、家のホテルの仕事を手伝っているスーは、きれいに直そうとしましたが、デビーにとめられました。

「いいのよ、スー。これはわざとなの。布のしわをかくのは、むかしからの絵画のテーマのひとつなのよ。さあ、かいてかいて」

　そのあとはもう、紙の上にえんぴつを走らせる音がきこえてくるばかりです。生徒たちのよこにデビーが立って、いろいろなアドバイスをする声も、ときどききこえてきました。

　三人もかきはじめましたが、なかなかうまくいきません。アトリエに一歩入ったときに感じたワクワクした気分も、もうどこかへ消えさってしまっています。

　はやくも、絵をかくことにすっかりあきてしまったスーは、十人の生徒たちがかくスケッチをちらちらとのぞき見しはじめました。

そして、小声でふたりに耳打ちします。

「見てよ、ジャレット、エイプリル。うまい人もいるけど、そうでもない人もいるわ」

そして、自分のすぐ前にすわっているセスの絵をこっそり指さしてこういいました。

「ぜったいにセスの『おくりもの』は絵じゃないわね。ずいぶん長くここへ通っているようだけど、自分に才能がないって気がつかないのかしら」

「スーったら、しつれいよ」

エイプリルとジャレットは、そういいました。でも、スーのいう通りかもしれません。たしかにセスの絵は、それほどうまくはありませんでしたから。それでもセスは、だれよりも熱心に絵をかいていました。三人がひそひそと話しているあいだも、セスの手は一度もとまりません。まるで何もきこえてないみたいに、夢中で絵をかいているのです。

　そのようすには、三人は感心しました。でも、この教室でデビーのつぎにうまいのは、ホリィのようです。

「ホリィがさずかった『おくりもの』は絵かもしれないわね。才能がありそうですもの」

　今度はエイプリルが小声でそういって、ふたりがうなずきました。

　でも、ホリィはちこくしましたし、あまり

熱心には見えません。

そう話していると、うしろからデビーの声がきこえてきました。

「さあ、三人とも。口じゃなくて手を動かして。よく見てかくのよ」

「ええ、デビー」

「かいてるわ、デビー」

三人はまゆをよせて、水さしとザクロと、しわのよったテーブルクロスを見つめては、紙の上でえんぴつを動かしました。

デビーもときどきアドバイスしてくれましたが、なかなかその通

りにはできません。そうして、顔を水さしと紙とのあいだで何往復（おうふく）もさせながら、あまりよいできとはいえない絵が三まい、しあがっていきました。

「きょうはここまで！」

デビーがそういうのをきくと、三人ともほっと胸（むね）をなでおろしました。とても長い時間に思えたからです。

「では、また次回いらっしゃい、スー、ジャレット、エイプリル」

といわれると、三人は、きたときのワクワクした気もちとは、まったくちがう気もちになっていることに気がつきました。

帰り道。スーはエイプリルにたずねます。

「どうだった？　エイプリル。ピンときた？」

「いいえ、スー。わたしがさずかった『おくりもの』は絵じゃない

「わたしもちがうかもしれないって思ったんじゃないかしら」

ジャレットは、ヤマネのラピにつぎつぎにいろいろな習いごとをさせるお母さんヤマネを思いだして、そういいました。「おくりもの」が何なのかは、せっかちに決めてはいけないと思ったのです。

ジャレットのことばに、スーもエイプリルもうなずきました。

「ジャレットのいう通りかもしれないわ。次回になれば、もしかしたら、これが自分の『おくりもの』だと思えるかも……」

三人は、また次回もくるのかと思うと少しウンザリしましたが、自分の「おくりもの」を見つけるために、もう少しだけがんばろうと思ったのです。

6

ヤマネの三回目の注文

そのつぎの夜のこと。トパーズ荘のげんかんに、またききおぼえのある小さな小さなノックの音がひびきました。そしてドアをあけると、やっぱりあのヤマネの親子が四ひきで並んでいたのです。

「いらっしゃいませ。モディ、ラピ、ジル、それにお母さんヤマネさんも」

ジャレットは今度もにっこりとわらってから、こうたずねました。

「お薬はききましたか？　ラピ」

するとラピは、申しわけなさそうに、小さく首をよこにふりました。

今度のハーブのお薬でも、ラピは気をちらさずに、落ちついて詩を考えることができなかったようです。でも、よく見ると、きょうのラピはもうノートをもっていません。ノートをもっているのはジルだけです。

「まあ、ラピ。残念ね。またお薬がきかなくてごめんなさい」

ジャレットがそういうと、お母さんヤマネがこういってさえぎりました。

「いいえ、ジャレットさん。もう、いいんです。あのお薬がきかなくても」

そして今度は、ラピだけをジャレットの前に立たせて、こうつづけました。

「落ちついて詩を考えるお薬は、もういりません。ラピには詩をつくるお教室ではなくて、あみ物のお教室に通わせることにしたんです。さあ、マフラーをジャレットさんにお見せして」

でも、ラピはうつむくばかりで何も見せてくれません。もし見たとしても、ジャレットにはそれがマフラーなのかどうかもわからなかったことでしょう。ラピのあみ物はメチャクチャだったからです。

そのようすにお母さんヤマネはため息をつきました。

「ラピは不器用みたいで、まだうまくあめないんですよ、ジャレットさん。それに、先生から、ていねいに細かいことをするのが苦手だっていわれるしまつで……」

するとラピは、もじもじとうつむきました。

「だって、あみ物はすごくむずかしいんだもの。油断してると、すぐにまちがえちゃうんだ」

するとジルとモディが、あきれていいました。

「それはラピが、ていねいにやろうとしないからだよ」

「そうよ、ラピはどんなことにも、ちっとも集中できないんだから」

それをきいてお母さんヤマネも、うなずきました。そして、ジャレットにこんな薬を注文したのです。

「今度こそ、よくきくお薬をくださいな、ジャレットさん。この子が細かい仕事に、ていねいにとりくめるようなお薬をお願いしますよ。もちろん、根気強くなって、気がちらなくなるなら、なおいいわ。では、トパーズ荘のドアの前においてくれたら、あした、とり

にきますから」

　そういって、いつものように、お母さんヤマネと三つ子は帰っていこうとしました。

　と、ラピだけは急に立ちどまって、テーブルの上をじっと見つめたのです。

　そこにおいてあったのは、ジャレットがデビーの絵画教室でつかっているスケッチブックと色えんぴつ。ラピはそれを、うっとりとながめていました。

そして、うらやましそうに
ジャレットを見あげて
いったのです。
「絵を習(なら)ってるの？　いいなあ。
じゃあ、ジャレットさんに、
これをあげる」
そして、ジャレットの
てのひらに、小さなものを
ひとつのせました。
「まあ、何かしら？　ありがとう」
それは、ひとつぶのムギでした。
「どうして？」

ジャレットがそうたずねたころには、ラピはもうお母さんヤマネのあとを追って、走りさっていました。

こうしてまた、お母さんヤマネと三つ子は、森に帰っていったのです。

「ラピから何をもらったの？　ジャレット」

「見せてよ、ジャレット」

子ねこたちは、そのプレゼントを見たがって、ジャレットのてのひらをのぞきこみました。

「ただのムギのつぶよ、子ねこたち。どうしてラピはこれをくれたのかしら？」

するとチコが、あっとさけびました。

「このムギ、絵がかいてあるよ、ジャレット」

ほかの子ねこたちも目をまるくしています。
「わあ、ホントだ。虫めがねで見てごらんよ、ジャレット」
ジャレットが虫めがねで見ると、小さな
ムギのつぶに、小さな小さな
お花の絵がかいてあるのが
見えました。
「まあ、なんてステキな絵。
これはラピがかいたの
かしら」

ヤマネはとても小さな動物なので、小さなムギのつぶにも絵をかくことができたのかもしれません。それでも、よほど器用で、よほど注意深くなければできないことです。ジャレットはすっかり感心しました。ラピはジャレットも絵が好きだと思って、自分がかいた絵をプレゼントしてくれたのでしょう。

ムギにかかれた絵をのぞきこんで、子ねこたちはこういいあいました。

「とっても上手ね」

「それに、こんな小さくて細かい絵がかけるなんて天才だよ」

「ラピのこの才能はきっと、生まれつきだよね」

ジャレットもそれをきいて、うなずきました。

「そういう才能のことを『おくりもの』っていうのよ、子ねこたち」

「『おくりもの』？」

ジャレットは、だれでもひとつ「おくりもの」をさずかっていることを子ねこたちにおしえました。その話をきいて、子ねこたちは目をかがやかせます。そして、自分がさずかった「おくりもの」が何なのか知りたがりました。

　ジャレットは、このステキなムギを小さなガラスびんに入れて、コルクのせんをしました。そして、たなにかざりながら首をかしげたのです。

「おかしなこともあるものね。ラピはいろいろなお教室の先生から『細かいことが苦手』で『ていねいにものがつくれない』、『気がちりやすい』性格で

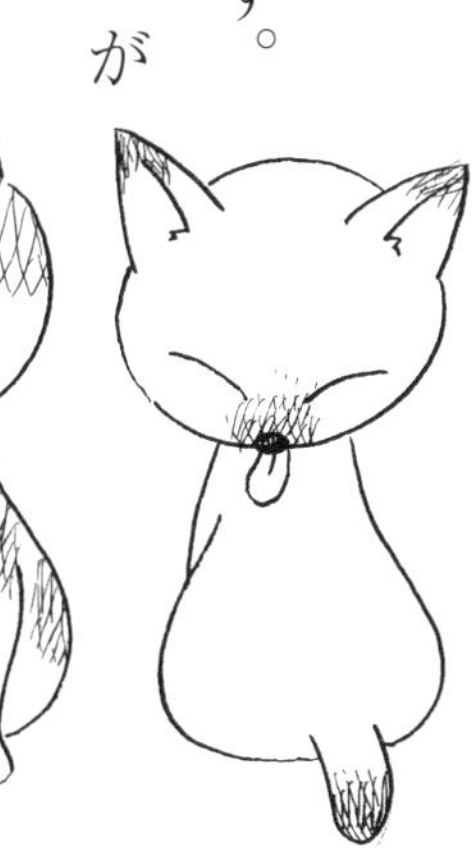

『根気がない』っていわれたのよね。そんなラピに、この小さな絵がかけるかしら?」

お母さんヤマネが、ハーブのお薬の力をかりてラピにさずけようとしていたことを、もともと全部ラピはもっているように思えます。

それなら、どうしてギターも、詩を書くことも、あみ物もできなかったのでしょう。

(とてもふしぎだわ)

と、ジャレットは思いました。

そしてつぎの朝がきても、ジャレットは注文通りのお薬をつくる気もちになれませんでした。今度ばかりは、ハーブのお薬より、もっとききめのある、よい方法があるような気がしてならなかったのです。

7

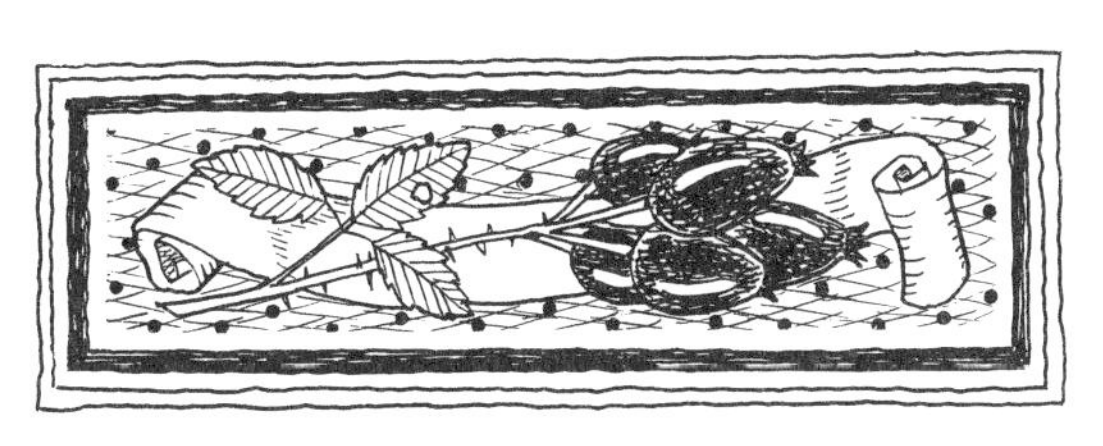

パパからの手紙

その日、朝一番の配達で、トパーズ荘にパパとママから小包がとどきました。

「いま、パパとママはどこにいるの？」

子ねこたちは、小包の見知らぬにおいをかぎながら、そういいました。

ジャレットのパパとママは、有名な演奏家で、世界中をめぐりながらコンサートをひらいているのです。

「フィンランドのヘルシンキっていう大きな街よ、子ねこたち。そこは、ここよりずっとさむいところなの。パパとママはカゼをひいていないかしら」
そういってから手紙をひらくと、ジャレットはおどろいて声をあげました。
手紙には、パパがカゼをひいたと書いてあった

郵便はがき

1 6 0 - 8 5 6 5

東京都新宿区大京町22−1
株式会社ポプラ社　児童書編集局

「魔法の庭ものがたり」係行

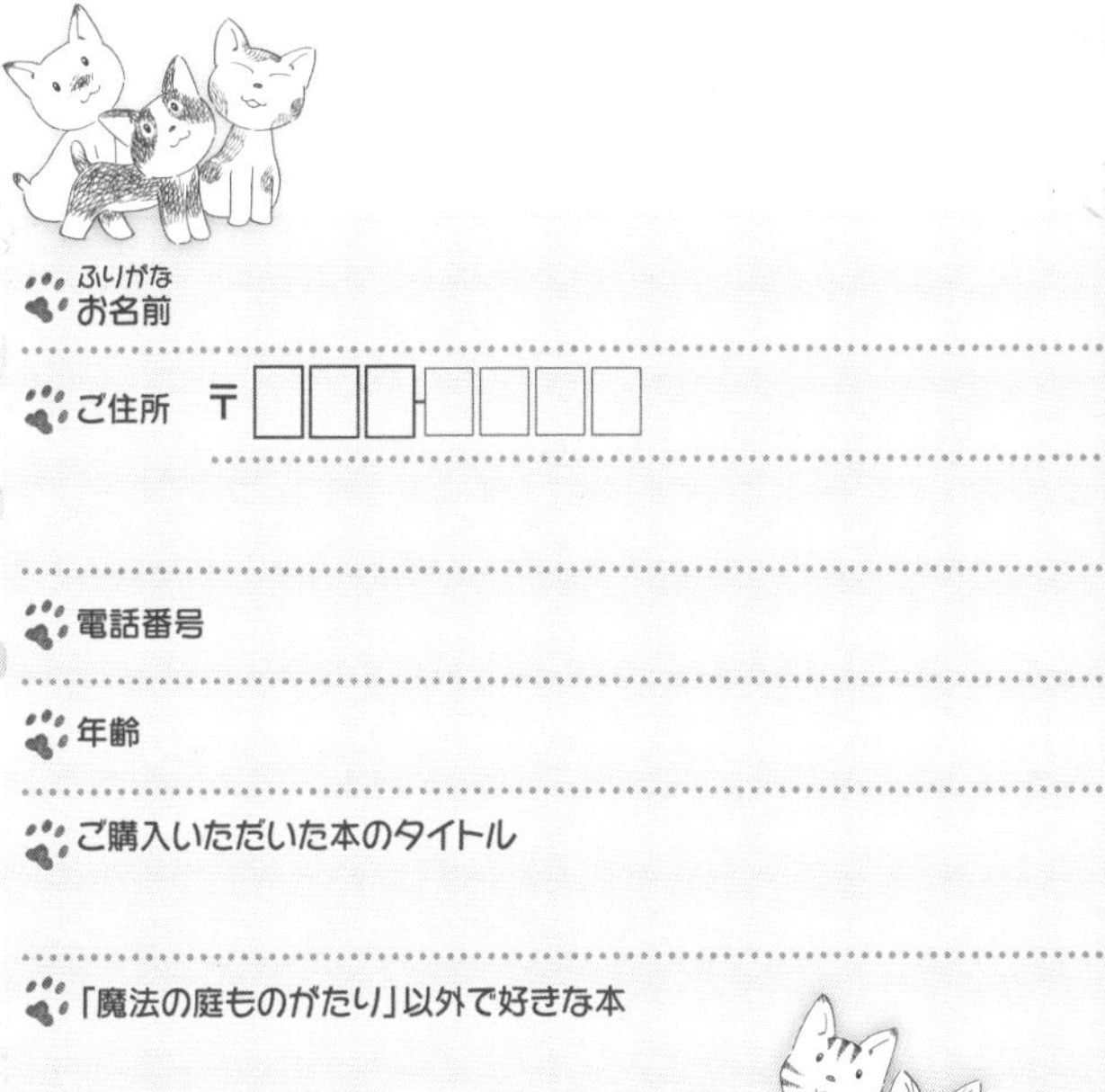

ふりがな
お名前

ご住所　〒

電話番号

年齢

ご購入いただいた本のタイトル

「魔法の庭ものがたり」以外で好きな本

ご記入いただいた個人情報は、ポプラ社ホームページに掲載のプライバシーポリシーにのっとり適切に管理し、受領後６ヶ月以降は保有いたしません。また、お送りいただいたはがきはお返しできません。

「魔法の庭ものがたり」への
メッセージやイラストをかいてね！

魔法の庭ものがたり
公式サイトにも
ぜひあそびにきてね。

魔法の庭　ポプラ社　検索

いただいたメッセージやイラストを、本やウェブサイトなどで紹介(しょうかい)してもいいですか。（○をつけてください）

（　　　）実名(じつめい)で可(か)

（　　　）匿名(とくめい)で可（ペンネーム　　　　　　　　　　　　）

（　　　）不可

Magic Garden Story

からです。

「しんぱいがあったっちゃったね、ジャレット」

「パパはだいじょうぶ？　ジャレット」

子ねこたちもしんぱいそうです。

「ええ、だいじょうぶよ。もうなおったんですって、子ねこたち。まあ、これはパパが書いた手紙みたい。まちがいなくパパの字だわ」

ジャレットは、手紙を読みすすめる前にそういいました。いつも手紙にはパパとママ、ふたりのことが書いてありましたが、ママの字で書いてあることがほとんどでした。今回、パパには、とくべつにジャレットに伝えたいことがあったにちがいありません。

「なんて書いてあるの？　ジャレット」

「ええと。……パパはカゼで一週間も寝こんでしまったたんですって。もうすっかりよくなったけど、まるまる一週間、バイオリンの練習ができなかったそうよ」

そして手紙には、一週間ぶりにバイオリンをかなでたときに、どんなにうれしかったか、ということが書いてありました。

パパの手紙は、こうつづいています。

ジャレット。パパはバイオリンをひけてほんとうにしあわせだと思ったんだ。練習は大変で、にげだしたくなるときもあるけれど、練習できない日がつづくよりずっといいって気がついたんだよ。パパはバイオリンが好きなんだ。もうずっとバイオリンに夢中さ。これがパパが生まれるときにさずかった才能、つまり天からの「おくりもの」なんだ。この「おくりもの」でみんなをうっとりさせることもできるけど、自分のこともしあわせにできるってことに、はじめて気がついた。何かに夢中になれるのはすばらしいことだね。だから、子ねこたちにも夢中になれる「おくりもの」をおくるよ。でもジャレットには、もう夢中になれるものがあるから、これ以上の「おくりもの」は必要ないね。

小包には、
キャットニップが
入った毛糸のボールが
六つ入っていました。
「それ、ぼくたちに？
ジャレット」
「いいにおいがするよ、ジャレット」
キャットニップは、ねこが大好きな
ハーブなのです。
「その通りよ、子ねこたち。さあ、どうぞ」
ジャレットが六つのボールをゆかにおくと、
子ねこたちはこのおくりものに大よろこび

しました。
ボールに
夢中になり、
追いかけまわし、
ジャレットが
話しかけても、しばらくは
だれもお返事さえしませんでした。
「あんなに夢中になるなんて……」
にっこりと子ねこたちを
ながめていた
ジャレットは、
つぎのしゅんかん、

きのうの夜から心にひっかかっていたなぞがとけた気がして、ハッとなります。

それはラピのことでした。

細かいことが苦手で、落ちつきがないと注意されたラピに、どうしてあれほど細かくて見事な絵がかけたのか……、その理由がわかったのです。

「絵をかくことは、ラピがさずかった『おくりもの』。ラピは絵が大好きだから、絵に夢中だから……。だからどんなに苦手なことでもできちゃうんだわ。それが『おくりもの』の力なのよ」

そしてジャレットは、注文のお薬をつくるよりも、もっとききめのあることをすることにしました。

「お母さんヤマネは、子どもたちに『何かひとつ秀でたところのあるすばらしいヤマネに成長してほしい』っていっていたわ。それがお母さんヤマネの願いなら、ラピにはお薬なんて必要ないわ」
ジャレットはそういって、お母さんヤマネに手紙を書きました。

お母さんヤマネさんへ
ラピによくきくお薬をおつたえします。それはハーブのお薬ではなくて、ラピを絵の教室に通わせることです。そうすれば、なまけぐせも、気のちることも、あきっぽさもなくなって、しんぼう強く、熱心で、ていねいな仕事のできるヤマネになるでしょう。
ジャレットより

手紙をドアの前におくと、ジャレットはにっこりとわらいました。

それからトパーズ荘の居間にもどって、ちょっと首をかしげます。

「わたしがさずかった『おくりもの』って何かしら？　パパの手紙には、わたしがもう見つけてるって書いてあるけれど……、きっとパパは、ハーブで薬をつくることがわたしの『おくりもの』だと思っているのね」

ジャレットはそういうと、だんろの上のトパーズの肖像画を見あ

げてため息（いき）をつきました。

「でも、ほんとうにそうかしら？　トパーズのようになりたいと思っても、なかなかなれないのに。わたしにはハーブの薬屋（くすりや）さんの才能（さいのう）がないのかもしれないわ。わたしの『おくりもの』は、パパが思うようなハーブの薬づくりじゃないのかも……」

　すると、テーブルの上のレシピブックがキラッと光りました。そ

れを見て、ジャレットは目を見ひらきます。

「何もたずねていないのに光るなんて……」

レシピブックにかけよって、あたらしく読めるようになっているページをさがしてみました。

「このページだわ……」

けれど、そこには、お薬(くすり)のレシピは書いてありません。ただ、ふしぎな絵がかいてあるだけです。

それは、リボンのかかった箱(はこ)の絵で、箱は光りかがやいていました。そして箱の中には、三まいのメモが入っています。メモにはそれぞれに、こんなことが書いてありました。

「『自信(じしん)』『勇気(ゆうき)』『好(す)き』……。これはいったい、何のことかしら?」

その日の夕方。トパーズ荘(そう)のとびらをあけると、お母さんヤマネ

にあてて書いた手紙は、いつものように、いつのまにかなくなって
いました。

8

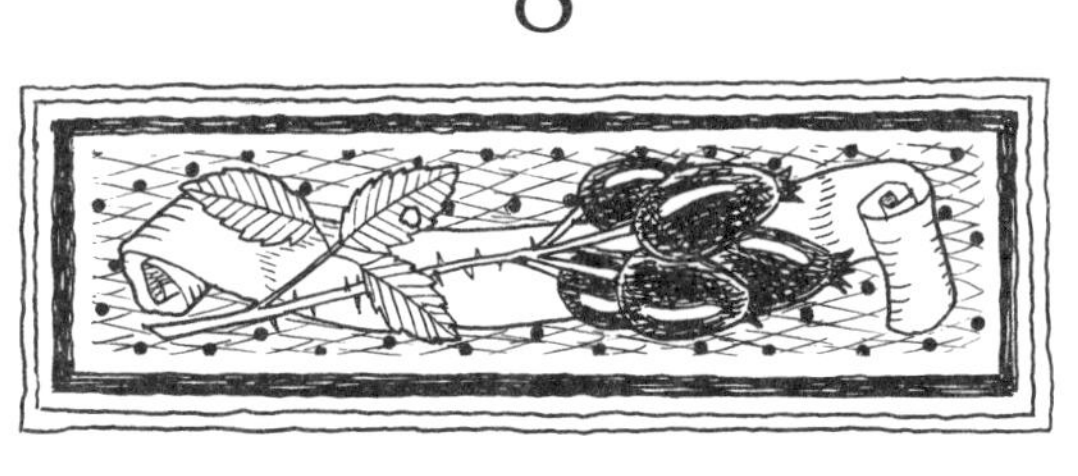

「好(す)き」も才能(さいのう)

つぎの日。

きょうは二回目の絵画(かいが)教室(きょうしつ)の日です。その日も、デビーのアトリエのテーブルにのっているのは、水さしとザクロ、それにしわのよったテーブルクロスでした。

それを見て、スーとジャレットとエイプリルはため息(いき)をつきます。

そんな三人のようすを、デビーはだまったまま、おもしろそうに見ていました。

ジャレットたちは、前回とおな

じ場所にイーゼルを立てて、絵をかくじゅんびをはじめます。さすがに二まい目なら、少しはうまくかけるかもしれません。そう考えると、ジャレットたち三人も、前回よりは少しだけ楽しめそうな気がしました。

絵をかきはじめると、ジャレットはスーが何回も小さなため息をつくのをききました。スーは運動が得意な女の子。じっとして絵をかくのは得意ではないのです。何回目かのため息のあとで、スーは小声でこういいました。

「これをいったい何日つづけたら、絵が自分のさずかった『おくりもの』かどうか、わかると思う？」ジャレット、エイプリル」

「そうね、スー。きょう、わかるといいけど……」

「そもそも、どうすれば『おくりもの』かどうかわかるのかしら？」

そのとき、デビーが三人のうしろでせきばらいをしたので、三人はあわてて顔をスケッチにもどしました。

その日もやっぱりホリィはちこくをして、やっぱりセスはだれよりもいっしょうけんめいに絵をかいています。

そうして前回よりは、少しだけはやく時間がたって、絵画教室はおわったのでした。

生徒たちが帰り
はじめると、かきあがった
絵をあつめていた
デビーが、ジャレットたちを
よびとめました。
「この絵を、かべにはるのを
手伝ってもらえるかしら？
あさっては第三土曜日だから、
かきあげた絵の感想を、
みんなで語りあう日なのよ」
「よろこんで手伝うわ、
デビー」

ジャレットたちは、たくさんの絵をかべにはるのを手伝いました。かくのより、はる方がずっと楽しい作業です。はりだした絵のなかには、いっしょに絵をかいた仲間の絵もありましたし、まだ会ったことのない生徒の絵もありました。

そして、うまい絵も、正直いってそうでもない絵もありました。

絵をはりおえるころ、ミントのかおりがアトリエにただよいます。デビーが庭にしげっているミントでフレッシュハーブティーをいれてくれたのです。

「ありがとう、スー、

ジャレット、エイプリル。

ごくろうさまでした。

お茶をいかが？」

「もちろん！」

「いただくわ、デビー」

「いいかおりね」

ミントティーをひと口すすると、スーは自分のかいた絵の前に立ちました。そして、ずっときいてみたくてたまらなかったことを、思いきってデビーに質問してみることにしたのです。

「ねえ、デビー。わたしがさずかった『おくりもの』は絵の才能だと思う？　もしそうなら絵をつづけるけど、そうでないなら、絵画教室はもうやめようと思うの」

それをきいて、エイプリルもジャレットも目をまるくしました。いろいろなことをして、自分の「おくりもの」をさがそうといいだしたのはスーだったからです。

するとデビーはわらいました。

「まあ、気がはやいのね、スー。通いはじめて、まだたった二日よ」

そういってから、あごに指をあてて少し考えました。そして、こうつづけたのです。

「でも、たしかにたった二日でも、

それが自分の『おくりもの』だと気づく人もいるわ」

そして、逆にこうたずねました。

「この絵画教室に通っているだれが、絵の才能という『おくりもの』をさずかって生まれてきたと思う？」

三人は、アトリエじゅうの絵を見まわしました。

そして三人とも、おなじ絵を指さしたのです。

「やっぱりこの絵をかいた人よ。ウェイトレスのホリィ」

するとデビーは小さくうなずきました。

「たしかにホリィはうまいわね。でも、彼女じゃないと思うわ」

それをきいて、ジャレットたちは顔を見あわせました。たしかにほかにもうまい人はいるけれど、ホリィほどではなかったからです。

「じゃあ、だれなの？　デビーおばさん」

エイプリルがたずねると、デビーはにっこりとこたえました。

「絵の才能（さいのう）という『おくりもの』をさずかっているのは、セスよ」

そのことばに、三人はおどろきました。

「でも、セスは上手（じょうず）じゃないわ、デビー」

「ホリィのほうが、ずっとうまいのに……」

三人が首をかしげると、デビーは楽しそうにわらいました。

「あら、そう思う？」

デビーはそういってから、セスが三年前に絵を習いはじめたころにかいた絵を見せてくれたのです。

「わあ、わたしたちより下手だわ……」

セスはいまでもホリィほど上手ではありませんが、三年前は目もあてられないほど下手でした。

「じゃあ……すごく上手になったのね」

エイプリルが感心すると、みんなもうなずきました。

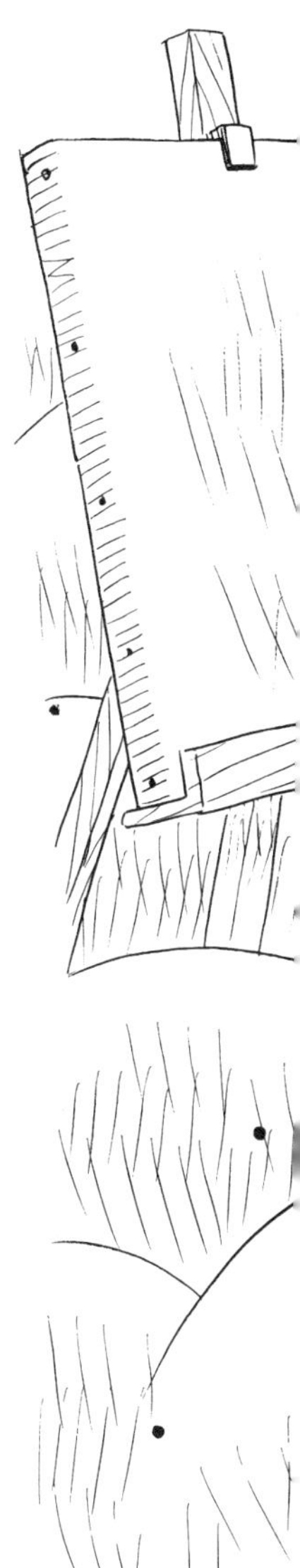

「セスは三年間、一度も休まずに通ったのよ。そしていつも、だれよりも熱心に絵をかいたの」

デビーのことばをきいて、セスを見たことのある三人には、そのようすが目にうかぶように思えました。それからデビーは、時間を追うように、セスの絵を三年前からいままで、順に見せてくれたのです。

「わあ、どんどん上手になってる」

感心する三人に、デビーはにっこりとうなずきました。

「もうあと三年たてば、セスはこの教室で、わたしのつぎにうまい絵かきになっているはずよ」

そして、また三人にたずねます。

「セスが、ほかのみんなよりちょっとすごいのはどこだと思う?」

そうきかれたときに、ジャレットは、パパの手紙とラピのことを思いだしました。

練習のつらさより、練習ができるうれしさのほうが上だといったパパ。それから、
絵をかくときにだけ、どんな苦手なこともりこえられるラピ。それは、好きなことに夢中になることで生まれてくるすばらしい気もちです。

そこでジャレットは、デビーの質問に

こうこたえました。

「セスがみんなよりすごいのは、絵に『夢中になれる』ことかしら、デビー」

「その通りよ、ジャレット」

デビーはうれしそうにそういいました。そして自分のめいっ子のエイプリルに、にっこりとわらいかけます。

「『好き』も才能なのよ、エイプリル」

「好きも才能？」

「そうよ。好きだからこそ夢中になれるでしょ？　でも、好きだからこそなやむし、好きだからこそ思い通りにできないとつらい。でも、好きだから、

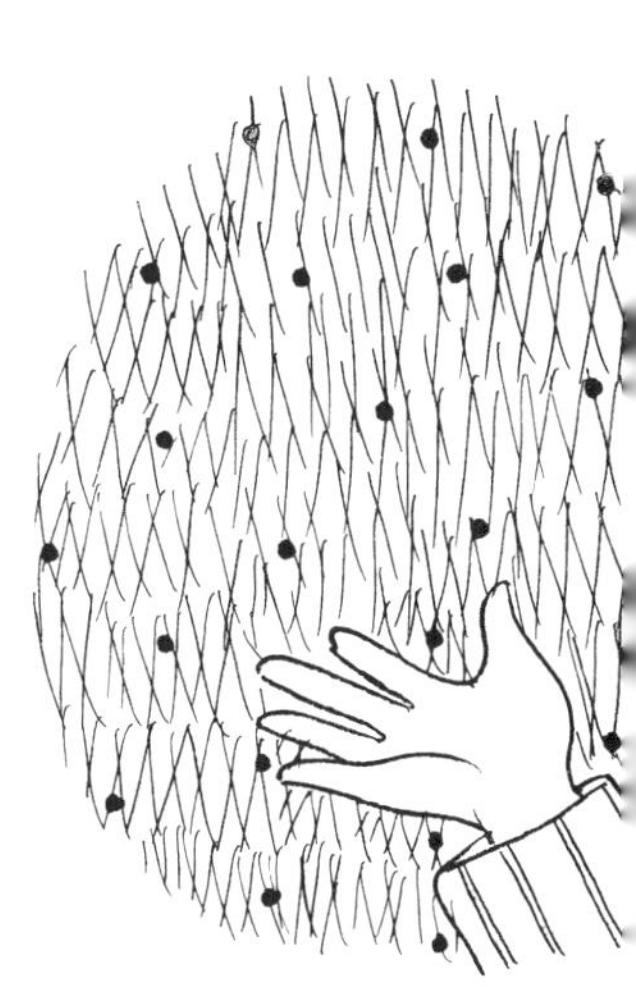

あきらめない」

それをきいたスーも、うなずきました。

「セスもあきらめないでつづけたから、うまくなったのね。うまい下手より、絵をかくことが好きで、夢中になれるかどうかが大切ってことかしら?」

「きっとそうよ、スー。好きで夢中になれるものが、自分のさずかった『おくりもの』なのね。はじめからうまいってことじゃないのかも」

スーとジャレットがそういうと、エイプリルは「好きも才能」ということばの意味に気づいて、ハッとデビーを見あげました。

と、そのとき。スーのママが息を切らしてやってきたのです。

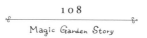

9

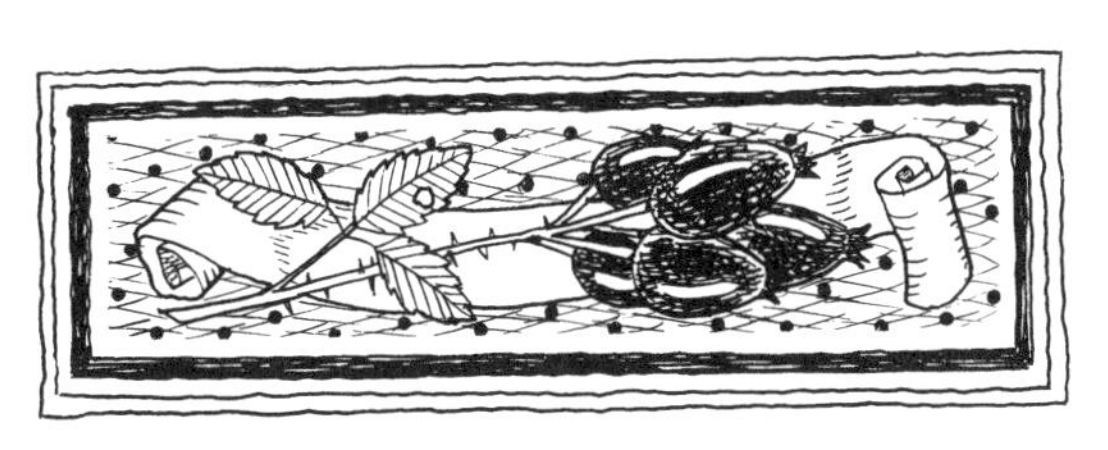

エイプリル、「おくりもの」を見つける

「やっぱりここにいたのね。あなたをさがしていたのよ、エイプリル。スーが、エイプリルとジャレットといっしょにここへいくっていっていたのを思いだして」

スーのママはそこまでいうと、すこし息をととのえました。そして、こうつづけたのです。

「お願いがあるのよ、エイプリル。きょうの夕方、うちのホテルでピアノで伴奏をしてほしいの」

スーの家は、この村でたった一

けんのホテルです。石づくりの古い大きな館(やかた)をきれいになおしてうつくしいホテルにしていました。このホテルでは、ときどきステキなイベントをひらいてホテルのおきゃくさまや、村のみんなを楽しませてきたのです。

スーのママは、ほんとうに困(こま)ったようすで、エイプリルに

わけを話しました。
「クリスマスにコンサートをお願い
した歌手が、きょうの夕方、
リハーサルにきてくれるの。
でも、ピアニストをよぶのを
うっかりわすれていたのよ」
ホテルでは、クリスマスと新年に、
歌手をまねいて数曲だけの小さな
コンサートを毎年もよおしています。
コンサートといっても、キラキラ
光るミラーボールをさげたり、
ギターやドラムのバンドをしたがえた

りっぱなものではありません。むかしからイギリスにつたわる古い歌や、だれもが知っている子守歌を、ピアノの伴奏だけでゆったりときかせてくれる、そんなコンサートでした。それは、けっして派手ではないけれど、古い年を見おくり、あたらしい年をむかえるのには、ぴったりのイベントです。きょうは、そのコンサートのリハーサルだったのです。

スーのママは、エイプリルをじっと見つめて、もう一度お願いしました。

「エイプリル、あなたなら、どんな曲だってひけるでしょ？　お願いできないかしら」

話をきいて、みんなもしんぱいそうにエイプリルをじっと見つめました。数日前まで、自分にはピアノの才能がないといって、もうピアノはひかないと宣言していたのですから。

ところが、エイプリルはにっこりほほえむと、こっくりとうなずいたのです。

「よろこんで。わたし、伴奏(ばんそう)します」

それをきいて、スーは目をまるくしました。

「いいの？　エイプリル。……だって」

そういうスーに、エイプリルははずかしそうにわらいました。

「ほんとうは、ひきたくてうずうずして

いたの。さっき『好きも才能』ってきいて、勇気がでたわ。こんなになやんだのも、ピアノが好きだからよ」

それからエイプリルは、デビーを見あげました。その顔は、つき指をする前の、明るいエイプリルにもどっています。

「伴奏をひきうけてもいいでしょ？　デビーおばさん」

するとデビーも、エイプリルの顔をじっとのぞきこみました。

「もちろんですとも、エイプリル。あなたがさずかった『おくりもの』を、だれかの役に立てるのは、すばらしいことよ」

そうきくと、エイプリルはうれしそうにデビーにだきつきました。

「ありがとう！　デビーおばさん」

スーとジャレットも笑顔を見あわせています。

それからデビーは、三人を見まわしてこうたずねました。

「さて。三人とも、あさってもきょうしつ絵画教室にくる？」

すると三人は申しわけなさそうに顔を見あわせました。

「デビーおばさん。ごめんなさい。わたしはやっぱり絵をかくより、ピアノがひきたいわ！　ピアノに夢中なの」

エイプリルがそういうと、スーもいいづらそうに話しました。

「う〜ん、わたしもテニスのほうがいいかな。ジャレットは？」

「わたしは……」

さいごにジャレットがことばにつまると、デビーがにっこりとわらいかけました。

「ジャレットも、くる必要はないわね。もう自分の『おくりもの』を見つけているんですもの」

デビーからも、パパとおなじことをいわれて、ジャレットはすぐにうなずくことができませんでした。

そしてみんな、夕方にスーの家のホテルでもう一度会う約束をして、それぞれの家へもどっていったのです。

10

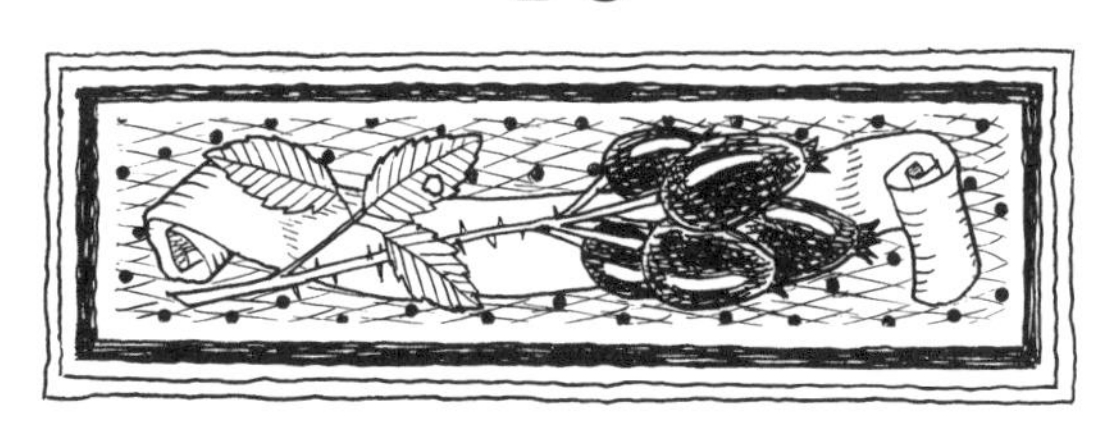

トパーズの三つのことば

トパーズ荘にもどったジャレットは、さっきエイプリルがいったことばが気になってなりませんでした。おわかれする前に、ひとりごとのようにいっていたことばです。

「ちゃんとひけるかどうか、ちょっと不安だわ。しばらく練習していないし……。なんだかこわい……」

エイプリルは、たしかにそういっていました。

つき指のあと、エイプリルが知らない人の前でピアノをひくのは、はじめてのこと。不安に思うのも、こわがるのも当たり前の気もちです。

そう思うと、ジャレットはしんぱいでたまりませんでした。

「何か、役に立つことができないかしら?」

ジャレットは、じっと考えます。

「ピアノの才能がエイプリルの『おくりもの』でも、やっぱり不安になったり自信がなくなったりすることはあるはずよ。そんなときに、必要なものって何かしら」

そのとき、テーブルの上のレシピブックが目に入りました。

「そうだわ!　あたらしく読めるようになったページをもう一度見てみよう。トパーズはあの絵で、何かを伝えたいのかもしれないわ」

それは、きのう突然あらわれたあたらしいページにかいてあったふしぎな絵のことです。レシピブックは問いかけるとこたえてくれますが、きのうは、何もたずねていないのに、そのページをジャレットに見せてくれました。

ページをひらくと、そのふしぎな絵には、やっぱり何の説明もかいてありませんでした。光りかがやくリボンのかかった箱、その中に三まいのメモ。

「どんな意味があるのかしら？」

ジャレットは、自分でかいてみたら意味がわかるかもしれないと思いました。それで、デビーの絵画教室からもちかえったスケッチブックにかきうつしてみましたが、やっぱりわかりません。そこへ、子ねこたちもやってきました。

「絵をかいてるの？　ジャレット」

「デビーに習っているんだよね、ジャレット」

「う～ん、でも、ヘンテコな絵だなあ」

子ねこたちは、この絵がレシピブックにあらわれたことをジャレットからきくと、ますますおもしろそうに絵をながめました。

そしてまずはじめに、ベルがこういったのです。

「この絵があらわれたときには、『おくりもの』の話をしていたのよね、ジャレット。だったら、この箱は『おくりもの』じゃないかしら？　だってリボンがかかっているもの」

そういわれてみると、
たしかにそう見えます。

すると今度は、チコが絵をのぞきこみました。

「この『おくりもの』はピカピカかがやいてるよね、ジャレット。もしかしたら、この『おくりもの』をさずかった人が、ちゃんとその才能をいかしてるっていう意味かもしれないよ。才能をいかさないと、『おくりもの』はかがやかないのかも」

それをきいて、ジャレットはすっかり感心しました。

「まあ、ほんとうにその通りね。きっとそうだわ。そうすると、この『おくりもの』の中に入っている三つのメモは、『おくりもの』の才能をいかすときに必要な、大切なことにちがいないわね……」

メモに書いてある文字は、「自信」「勇気」「好き」の三つです。

と、そのとき、ジャレットの頭のなかに、エイプリルのことばがよみがえってきました。

できるかどうか不安……

ちょっとこわい……

「そんな気もちをとりさるのに、なんてぴったりのことばかしら」

ジャレットは目をかがやかせました。

ピアノがうまくひけないのが指のせいでないなら、いまのエイプリルに必要なのは、「きっとできると自分を信じる『自信』」です。そして、しっぱいをおそれずに、「もう一度ひきはじめる『勇気』」。

三つ目のことばには、もうエイプリルは気づいています。「好き」も大切な才能、ということです。

「わかったわ、トパーズ！」

ジャレットは思わずさけびました。

「エイプリルをささえて、はげませるのは、この三つのことばなのね」

そして、ハーブの薬屋さんらしく、それをかおりでつくってみようと考えました。エイプリルがピアノをひいているあいだ、ふわりとつつむかおりで応援するのです。

ジャレットは、レシピブックをもつと、こうたずねました。

「自信と勇気、好きなことをするしあわせを感じられるかおりをおしえて」

すると、レシピブックの表紙の宝石が、キラリとかがやきます。

あたらしく読めるようになったレシピには、そのことばをしめすハーブがひとつずつ書いてありました。

「自信」はスイートオレンジ。スイートオレンジは、おれそうな心をささえて、前むきにしてくれるききめがあるからです。「勇気」はタイム。体をポカポカ元気にして、強くしてくれるハーブです。

そしてその花ことばは「勇気」でした。

「好き」はローズ。好きなことをするしあわせを感じるかおりです。

ローズは、古くから愛されてきたしあわせになれるかおりでした。

ジャレットは、三つのドライハーブをテーブルに並べると、一種類ずつ、べつべつのサシェに仕立てていきました。ぬのの小さなふくろにドライハーブを入れて、リボンでギュッとちょう結びにします。そこにタグをさげて「自信」「勇気」「好き」と書きました。これで、できあがりです。

「エイプリルが伴奏をするまでには、まにあいそうだわ」

ジャレットは三つのサシェをもって、トパーズ荘をとびだしました。そして息を切らしてスーのホテルにむかうあいだ、ジャレットの心はうれしさでいっぱいになっていったのです。

でもそれは、きょうだけのことではありません。ハーブの力でみんなの役に立てるたびに、ジャレットの心はいつもこんなうれしさでいっぱいになるのです。

ホテルにつくと、まだロビーにはだれもきていませんでした。

ジャレットはグランドピアノの上に、そっと三つのサシェをおきます。

「このハーブがエイプリルをきっと応援してくれるわ」

そうしてジャレットがピアノからはなれるのと入れかわりに、ロングドレスを着たうつくしい女の人がひとり、グランドピアノのよこにやってきたのです。

11

「おくりもの」の魔法の力

約束の時間にエイプリルがスーのホテルにつくと、グランドピアノのよこに、ほっそりした歌手が立っているのが見えました。

その顔を見て、エイプリルのほおが、みるみるまっ赤になります。エイプリルが好きな歌手のひとりだったのです。彼女は大きなコンサートをひらく歌手ではありませんでしたが、そのすんだ歌声に心うばわれる人は少なくありません。

「あなたがエイプリルね？」

やさしげな瞳で見つめられて、エイプリルはさしだされた手に自分の手を重ねるのが精一杯でした。

と、そのとき。ピアノのまわりに、ふわっといいかおりがただよっていることに気がついたのです。ピアノの上を見ると、三つのサシェが並んでいました。そのかおりを深くすいこむと、ふしぎと

きんちょうがとけて、自信がわいてくる気がします。

サシェのタグに書かれた三つのことばを読んだエイプリルは、にっこりわらいました。

そして、不安よりも、大好きな歌手のためにピアノをひけるしあわせな気もちの方が、だんだんと大きくなっていったのです。

（だいじょうぶ。できそうだわ！　もうこわくない）

エイプリルはピアノの前にすわると、あこがれの歌手のアイコンタクトを合図に前奏をひきはじめました。すべるようにのびやかなエイプリルのピアノの音色に、その歌手は少しおどろいてほほえみました。

やがてピアノの音にすんだ歌声が重なり、ホテルのロビーをゆたかな旋律がつつみこんでいったのです。

たまたまそこにいあわせたおきゃくさまや、スーのママ、そしてホテルではたらく人たちも、足や手をとめずにはいられない音楽でした。

それは、なつかしい気もちや、わすれていたやさしさ、きよらかな志を思いださせてくれるような、歌とピアノだったのです。

演奏がおわると、そこにいたすべての人が心からのはくしゅをおく

りました。
そのはくしゅの音で、エイプリルはハッとわれにかえります。それくらい夢中でピアノをひいていたのでした。顔をあげると、そこにはエイプリルとおなじくらいほおを赤くして感激しているあこがれの歌手がいました。
「すばらしい演奏だったわ、エイプリル。わたしたちの音楽は、まるで、はじめからひとつだったよう……」

　そして、エイプリルの手をとると、こういいました。

「どうか本番でも、いっしょに演奏してちょうだいな、エイプリル。わたし、あなたのピアノで歌いたいの」

　エイプリルは、目をまるくしました。でもすぐにとびっきりの笑顔になってうなずきます。

「はい、よろこんで！」

　このようすを見て、ジャレットはまたパパからの手紙を思いだしました。そこには、「さずかった『おくりもの』でみんなをうっとりさせることもできるけど、自分のこともしあわせにできる」と書いてあったからです。

「ほんとうに、その通りね、パパ。まわりの人だけじゃなく、自分

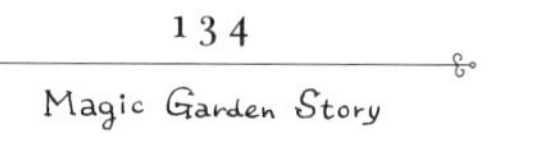

までしあわせにしちゃうなんて、『おくりもの』の力はまるで魔法のようだわ」

元気になったエイプリルのすがたを見とどけると、ジャレットはトパーズ荘にもどりました。

ドアをあけようとしたそのとき、足もとに何か小さなものがおいてあることに気づきます。

「何かしら？」

ジャレットが身をかがめてみると、そこにあったのは、それは小さな小さなスケッチブックと、小さな小さな手紙でした。ちょうどヤマネがつかうサイズです。

「まあ！　きっとラピたちがこれをおいていったんだわ」

ジャレットはそういうと、大よろこびでスケッチブックと手紙を

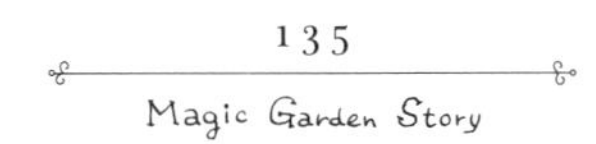

てのひらの上にのせました。

そのようすを窓から見ていた子ねこたちが、トパーズ荘に入ってきたジャレットの足もとにあつまります。

「それ、ラピのスケッチブック？　ジャレット」

「はやく見てみようよ、ジャレット」

もちろん、ジャレットもはやく見たくてたまりません。大急ぎで、ひきだしから虫めがねをとりだしました。

小さなスケッチブックをひらくと、そこには風景画がかいてあるようです。

虫めがねをすうっとスケッチブックにかざすと、その見事な絵のすみずみまではっきりと見えてきました。ジャレットも子ねこたちも、思わず息をのみます。波のようにつづく丘や林、雲のうかぶ空、

手前で赤く色づくローズヒップの実が、それはいきいきとえがかれていたのです。

「うわあ！　うまいなあ」

子ねこたちは口ぐちにいいました。

だれよりも熱心に虫めがねをのぞきこんでいたチコが、こうおしえてくれます。

「見てよ、ジャレット。絵のはしっこに『R』ってサインが入っているよ、やっぱりラピがこの絵をかいたんだ」

「まあ！　ほんとうね」

そのとき、ニップがバラのとげのようなかわいいツメで、スケッチブックを一まいめくりました。

するとそこには、ジャレットへの短い手紙が書いてあったのです。

「ジャレットさん、ありがとう。ラピより」

その下には、三つ子の兄妹のモディとジルが書いたメッセージも

並(なら)んでいます。

それを読んで、ジャレットはますますうれしくなりました。モディとジルが、ラピのさずかった「おくりもの」をいっしょによろこんでいることがわかったからです。

「手紙もよんでみて、ジャレット」

子ねこたちにそういわれて、ジャレットは小さなふうとうから、小さな手紙をとりだすと、虫めがねの下におきました。

「これは、お母さんヤマネからの手紙だわ、子ねこたち」

「なんて書いてあるの？
ジャレット」
そこには、
こう書いて
ありました。

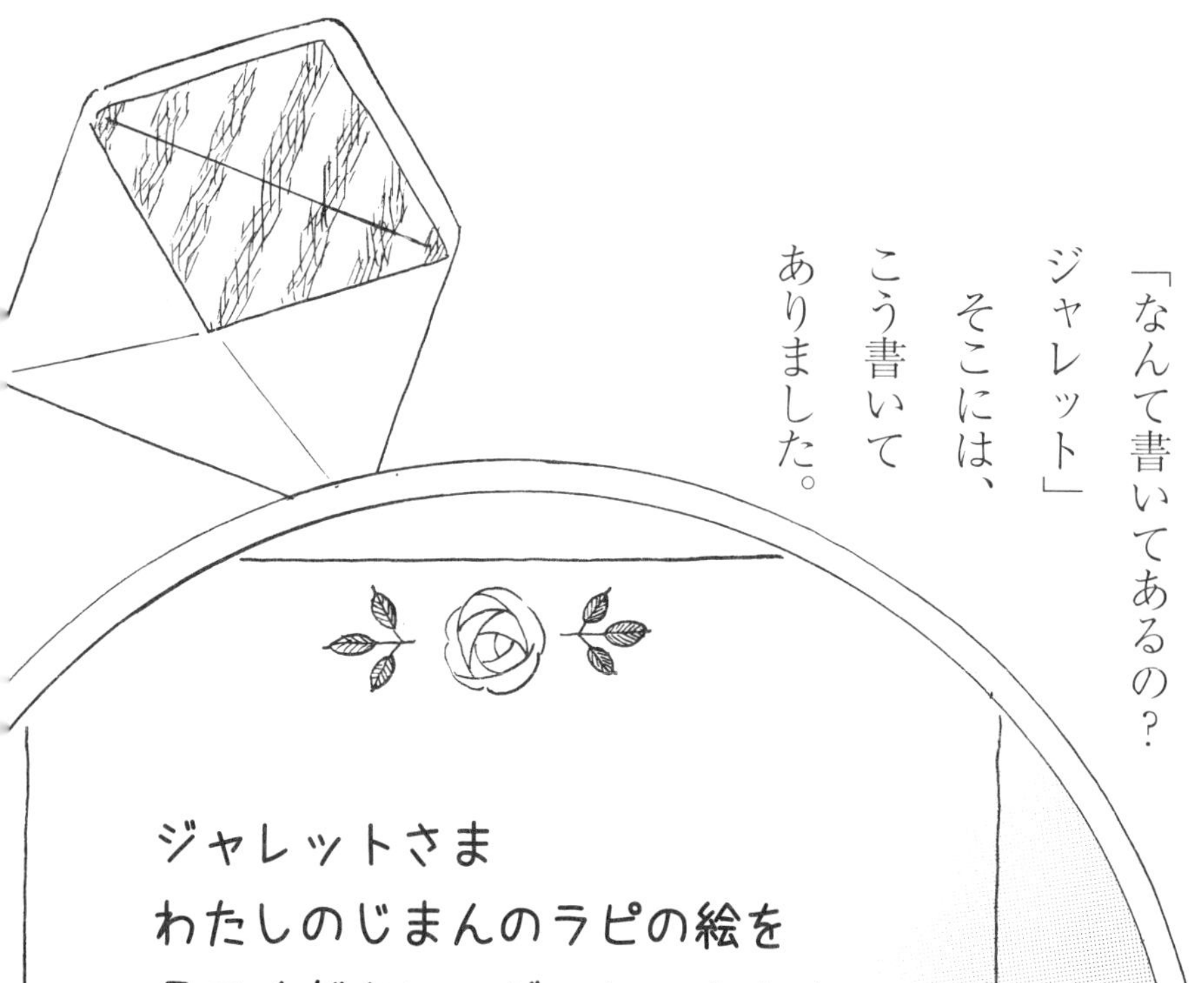

ジャレットさま
わたしのじまんのラピの絵を
見てください。ジャレットさんの
アドバイス通りにしたところ、
ラピは、大よろこびで絵画教室に
通っています。もう先生よりも
絵がうまいくらいです。
トパーズ荘の薬屋さんは、とても
たよりになりますね。
どうもありがとう。

12

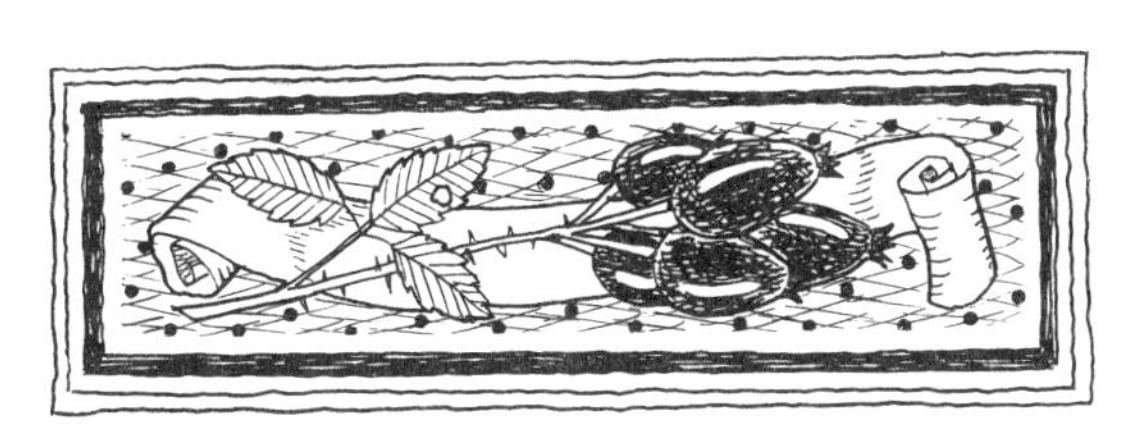

ジャレットの「おくりもの」

その夜。ジャレットはトパーズ荘のだんろに火を入れて、カモミールのミルクティーをのみました。薪のもえるいいかおりと、カモミールのやさしいかおりにつつまれながら、ジャレットは、もう一度ラピのスケッチブックをひらいてみます。

ラピは何をしてもだめな欠点の多いヤマネだと思われていました。

あきっぽくて、しんぼうがなく、

ていねいな仕事もできないヤマネだったのです。でも、絵をかいているときだけは、どんな欠点も顔をだしません。

「欠点やなやみをのりこえてでも『これをしたい』という気もちになるかどうかが、自分のさずかった『おくりもの』を見つける一番いい方法なんだわ。それに……」

と、ジャレットは、にっこりわらいました。

「デビーのいう通り
『好きも才能』なら、
わたしがさずかった『おくりもの』は、
ハーブにちがいないわ」
　そして、だんろの上のトパーズの肖像画を見あげます。
「トパーズみたいになりたい、ってどんなに強く願っても、
なかなかそうなれないわ、トパーズ。でも、そうやって
なやむのも、ハーブが大好きだからじゃないかしら。だって、
好きでないなら、こんなになやんだりしないもの。それに、
もしかしたらだけど……、なやむたびに、少しずつトパーズに、
りっぱな薬屋さんに近づいているんじゃないかしらって思うの」

そのとき、だんろの薪がパンッとはぜました。

そのひょうしに炎がおどり、トパーズの肖像画をいっしゅん明るくてらしだして、ジャレットをハッとさせました。まるで、がんばって、といっているかのように……。

そのあと、ジャレットはパパとママに手紙を書きました。

パパがまた自分がさずかった「おくりもの」のすばらしさをわす

れそうになったときのために、三つのかおりを手紙といっしょにおくろうと思ったのです。

手紙にかおりをそえておくることは、いろいろな国の人がむかしからしてきました。

手紙のようにつくられた「かおりのもと」をいっしょにふうとうに入れるのです。この「かおりのもと」は「レターフレグランス」や「文香（ふみこう）」とよばれています。

一番かんたんにつくれるのは、かわいい形に切ったフェルトや、きれいな色の画用紙や、うつくしいもようのある厚めの紙に、精油を一てきたらして作る「文香」。

これだけで、もうりっぱな文香になるのです。

ジャレットが、きょうつくることにしたのは、もう少しむずかしい文香でした。といっても、精油をほんの少ししみこませたティッシュペーパーを、かわいい形に切った二まいの色紙で

はさんで、ティッシュが
でてこないようにまわりを
のりでとめるだけ。
紙にペンでもようをかいたり、べつの紙を
はさみこんだりして仕上げました。
つかう精油は、もちろんスイートオレンジと、
タイムからつくった精油、タイム・リナロール。
それにローズです。
できあがった三つの文香には、それぞれのかおりに
あわせて「自信」「勇気」「好き」と書きました。

文香の用意がおわると、ジャレットは、もう一度パパとママへの手紙を読みかえしてみます。それは、こんな手紙でした。

パパとママへ
ふたりともお元気ですか？　パパのカゼがなおって
よかったです。
子ねこたちを夢中にさせる「おくりもの」をありがとう。
パパとママも、ふたりがさずかって生まれてきた才能の
「おくりもの」で、世界中の人をうっとりとさせてください。
わたしの「おくりもの」はとてもいいかおりでしょ？

ジャレットより

手紙のよこに三つの文香(ふみこう)を入れると、
ふうとうの中にいいかおりがふうじこめられて
いくのがわかりました。
パパとママが自分にさずかった「おくりもの」で世界中(せかいじゅう)を
しあわせにしているように、わたしの「おくりもの」にもきっと
大切な役割(やくわり)がある。そう思うと、ジャレットの心は自信(じしん)と勇気(ゆうき)で
いっぱいになるのでした。

ジャレットのハーブレッスン

レターフレグランスのつくり方

お手紙といっしょにかおりをおくるレターフレグランス「文香」

Merry Christmas

fragrance

fragrance

Hello

「わたしのかおり」

自分のかおりを
決めておくのも
おしゃれ。
かおりをかいだだけで
あなたからの手紙だって
わかるわ。

「メリークリスマス！」

クリスマスカードに
モミのかおりをそえて。
バースデーカードや
お礼のカードも
かおりといっしょに！

「バラの季節に」

バラの花がさくころに
おくる手紙なら、
バラのかおりの文香が
ぴったり。
季節を感じる
かおりを選んで。

「かおりのもと」をつくる

小さく（15mm×15mmくらい）切ったフェルトや画用紙、小さくたたんだティッシュに好きなエッセンシャルオイル（精油）を１てきたらし、水分と油分が完全になくなって、かおりだけがのこるまで待ちます。

•フェルトや画用紙•

•ティッシュ•

•かわいいフェルト•

こんなことも フェルトをかわいい形に切れば、これだけで文香になります。

「かおりのもと」に
水分や油分がのこっていると、
びんせんやふうとうが
よごれてしまうことがあるの。
気をつけてね。

レッスン2 つつんでつくる

1 おり紙を図のようにおってからひらき、
「おれすじ」をつけておきます。

2 1をひらき、まん中にかおりのもとをおいて、1の順で包みます。

3 さいごは上のおりかえしを下のおりかえしの中に入れて……

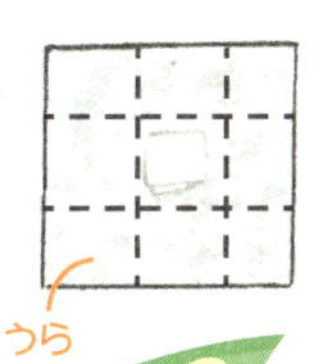

できあがり！

レッスン3 はりあわせてつくる

1 色画用紙を半分におって下がきしたら、その形に切りとって、おなじ形を2まいつくります。（メッセージも書くとステキ！）

2 1の1まいのふちにのりをつけて、「かおりのもと」をまん中において、1をもう1まいかさね、はりつければできあがり！

こんなことも

レースのコースターのまん中に
「かおりのもと」をおいて、
まるい紙をのりではりつけます。

作・絵　あんびるやすこ
群馬県生まれ。東海大学文学部日本文学科卒業。主な作品に、「ルルとララ」シリーズ、「なんでも魔女商会」シリーズ、「アンティークFUGA」シリーズ（以上岩崎書店）、『せかいいちおいしいレストラン』「こじまのもり」シリーズ（以上ひさかたチャイルド）『妖精の家具、おつくりします。』『妖精のぼうし、おゆずりします。』（以上PHP研究所）『まじょのまほうやさん』「魔法の庭ものがたり」シリーズ（以上ポプラ社）などがある。
公式ホームページ　http://www.ambiru-yasuko.com/

お手紙、おまちしています！　いただいたお手紙は作者におわたしします。
〒160-8565　東京都新宿区大京町22-1
（株）ポプラ社「魔法の庭ものがたり」係

「魔法の庭ものがたり」ホームページ　http://www.poplar.co.jp/mahounoniwa/

ポプラ 68 物語館　**ポプラ物語館 68**

魔法の庭ものがたり 18
エイプリルと魔法のおくりもの

2015年12月　第1刷
作・絵　あんびるやすこ
発行者・奥村 傳
編集・安倍まり子　佐藤友紀子
デザイン・宮本久美子　祝田ゆう子
発行所・株式会社ポプラ社
〒160-8565　東京都新宿区大京町22-1
振替　00140-3-149271　電話（編集）03-3357-2216
（営業）03-3357-2212　（お客様相談室）0120-666-553
ホームページ http://www.poplar.co.jp
印刷・製本　中央精版印刷株式会社

ISBN978-4-591-14755-9　N.D.C.913/151P/21cm　Printed in Japan